張曼娟
·奇幻學堂·

看我七十二變

張曼娟、張維中——策劃・撰寫
王書曼——繪圖

十年一瞬間——學堂系列新版總序

張曼娟

常常在演講的時候，遇見一些年輕的讀者，他們從容自在的聆聽，意會的頷首，耐心等待著我為他們的書簽名，而後，像是要傾訴一個祕密那樣的靠近我，微笑著對我說：「曼娟老師，我是讀著【○○學堂】長大的。」【奇幻學堂】、【成語學堂】或是【唐詩學堂】就這樣被說出來，說的時候，帶著對於童年與成長的溫柔依戀。

啊！這一批孩子們已經長大了啊，他們看起來，都是很好的成年人了。也許不是念文學相關科系的，可是，他們一直保持著對於文字的敏感度，對於人情世故的理解。

「老師什麼時候要為我們這些小孩子寫書呢？」到現在，我依然能聽見最初提出這個請求的那個女孩，對我說話的聲音。

而我確實是呼應了她的願望，開始創作並企劃一個又一個學堂系列。

以【奇幻學堂】為起點，我和幾位優秀的創作者：張維中、孫梓評、高培耘與黃羿瓅反覆的開會討論著，除了將古代經典的寶庫傳承給孩子，更想與他們一同走在成長的路上，不管是喜悅或失落；不管是相聚與離別，都是生命的課題，都那麼貴重，應該要被了解著、陪伴著，成為孩子心靈中恆常的暖色調。

這樣的發想和作品，獲得了許多家長、老師的認同，更令我們感到欣喜莫名的是，孩子們的真心喜愛。於是，接著而來的【成語學堂Ⅰ】、【成語學堂Ⅱ】和【唐詩學堂】也都獲得了熱烈回響。

十年之後，那個最初提議的女孩，化成許多個大孩子與小孩子，來到我的面前，與我微笑相認。讓我們知道，當初不只是古典新詮，更是探討孩子成長中各種情境的系列作品，有著這樣深刻的意義。

也是在演講的時候，常有家長詢問：「我的孩子考數學，演算題全對，但是一到應用題就完蛋了，他根本看不懂題目呀。到底該怎麼辦？」這是發生在許多成績優秀的孩子身上的悲劇。

「中文力」不僅能提升國語文程度，而是提升一切學科的基礎，這已經是陳腔濫調了。中文力，不僅是閱讀力，還有理解力與表達力。能不能看懂考題，在考試時拿高分，固然重要。然而，更大的隱憂卻是，應付考試，得到高分的歲月，只占了短短幾年，孩子們未來長長的人生，假若沒有足夠的理解與表達能力，他們將如何面對社會激烈的競爭？如何與他人建立良好的人際關係？這樣的擔憂與期望，才是我們十年來投入許多心血與時間，為孩子創作的初衷。

我們感知到孩子無邊無際的想像力，在成長中不斷消失，於是創作了【奇幻學堂】；察覺到孩子對成語的無感，只是機械式的運用，於是創作了【成語學堂】；發現到孩子對於美感和情感的領受，變得浮誇而淺薄，於是

創作了【唐詩學堂】。

十年，彷彿只在一瞬之間，許多孩子長大了，許多孩子正在成長，我們仍在創作的路上，以珍愛的心情，成為孩子最知心的陪伴。

目次

序

創作緣起

把故事還給孩子

張曼娟

當我們還沒看過哈利波特；還不認識神隱少女；還不知道魔戒的威力的時候，孩子們都聽什麼故事呢？

當我只是個小孩子，家裡並沒有什麼課外讀物，可是，夏天搖著扇子的晚上，大人一邊拍打蚊子，一邊對我們說起牛郎織女的故事；冬天圍在暖烘烘的棉被裡，腳趾頭抵著腳趾頭，緊張兮兮的聆聽目蓮下十八層地獄救母的故事。一個又一個故事，神奇的、魔法的、天上地下，充滿想像力，灌溉著我們日漸伸展的四肢與軀幹。

然後，某一天，我聽見了三太子李哪吒的風火輪劃過天際，聽見他在河邊戲水，與龍王三太子大鬥法，竟然抽出龍筋的英勇事蹟。哪吒的火尖槍和乾坤圈，是那麼炫奇；他死後變為蓮花身返回人世，是如此異樣。

最最重要的是，他只是個小孩子，和我一樣。

一個小孩子，可以大鬧天庭，把龍王整得七葷八素，這麼高強的本領，這麼叛逆的性格，都教我們興奮得不得了。

我們慢慢長大，電視進入每一個家庭，一個按鍵，就喚來動畫。日本動畫是孩子最好的陪伴，從「小甜甜」、「無敵鐵金剛」到「哆啦A夢」……伴著我們一代又一代，成為生命中的主題曲。

哪吒到哪裡去了呢？

我們的孩子該有怎樣的冒險？

那一年，看完《神隱少女》，從戲院中走出來，站在西門町街頭，心頭還縈繞著感動，同時，卻也有些悵然若失。同樣是東方，同樣擁有自己的傳說和傳統，我們的少女又該有怎樣的冒險呢？如果不走進泡溫泉的湯屋，她該走到哪裡去呢？如果沒有遇見湯婆婆，她也許會遇見鐵扇公主，那麼，又會發生什麼樣的故事呢？我怔怔的想著，綠燈忽然亮起，就這樣被過馬路的人潮推擠，到了對岸。過了馬路，其他的事吸引我的注意，這惆悵也就扔過一旁了。

接著，我看見身邊的大朋友、小朋友，人手一本《哈利波特》，津津有味的閱讀著。捷運上，教室裡，這法力確實無邊，收服了所有人。

我念小學的姪兒，總是催著我問新一集的《哈利波特》出來沒有？我告訴他，得等一等，還要翻譯啊。他於是抗議了：「奇幻故事這麼好看，我們為什麼沒有中文的書？都要看外國人的？」

這質問讓我一時之間，無法作答。

找回屬於孩子的奇幻與魔力

我很想告訴他，我們在許多許多年前，古時候就有很多好看的奇幻故事了，只是，你們都不熟悉，都不了解。但是，他們為什麼不熟悉、不了解呢？這些奇幻故事，是我們的祖先留給孩子的瑰寶，我們曾經是保管人，保管並且享用，然後，應該交給我們的孩子。然而，這些豐富有趣的故事，自我們之後，彷彿便已失傳。我們顯然剝奪了孩子的繼承權，令他們失去了寶藏的，難道竟是我們嗎？

我感到了急迫與焦慮，感到一切都要來不及。

作為一個創作出版超過二十年的作家，我知道，要消解這樣的不安，唯有寫作。要把奇幻與魔力找回來，才能完好無缺的交付給我們的孩子。

【張曼娟奇幻學堂】的童書工程，就是這麼開始的。

我們選擇了四個不同風格的奇幻故事，從唐代的〈杜子春〉、明代的《封神演義》、《西遊記》到清代的《鏡花緣》，各挑出一個主要人物，成為奇幻冒險故事的主角，重新改寫，讓孩子在閱讀的時候，完全忘記他們讀的是幾百年或千年以上的老故事。這些嶄新的故事，令人目不暇給，節奏感快速，感覺更現代，而在一個雲霄飛車似的轉折之後，滿懷著深深的感動。

《封神演義》的哪吒

《我家有個風火輪》，哪吒是個巨嬰，生下來便神力無限，這故事還能有什麼新的發展呢？我送給哪吒一個姊姊，花蕊般小巧、纖細而柔弱的姊姊，當我在讀經讀詩和寫作的「張曼娟小學堂」上課，發現小朋友們最焦慮的就是：「如果長不高怎麼辦？」大人總是安慰孩子：「等你長大就會長高嘍。」事實上，並不是所有的孩子長大之後，都會變成高個子。我們給孩子一個虛妄的希望，再讓這希望落空，未必是一件好事。於是，我創造了一個矮小的姊姊花蕊兒，與身形巨大、本領高強的哪吒做對比。

花蕊兒，她看起來什麼本事也沒有，可是，她能敏感的體會愛。她能感受愛，也能付出愛，她以自己小小的身子護衛弟弟，堅強的意志力感動了巨鵬與逼水獸，是她纖細的小手，從冥界將哪吒牽引返回人間，滿身蓮花香。

我是這樣對花蕊兒說的：「長得高不高不要緊，身體只是一個罐子，罐子裡面的東西才重要。」

《唐傳奇》的杜子春

《火裡來，水裡去》，是唐朝傳奇〈杜子春〉改寫的，這是一個試煉意志力的故事，也是個測試恐懼感的故事。每個孩子都有懼怕的事物，當我們對孩子說：「不要怕啊！沒什麼好怕的。」不妨也想想我們的恐懼。長成

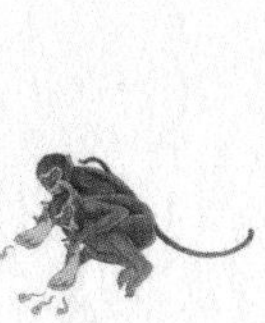

大人的我們，也不可能無憂無懼啊，更何況是小孩子。那麼，就讓我們面對面的把恐懼看個清楚吧。

童年杜子春怕的是火蟻，因為他小時候曾經被火舌貪婪的吞噬，這被火焚燒的記憶已經淡忘，恐懼卻如影隨形。子春在那場大火中，失去了母親，也失去了真相，他在謊言中成長，成為一個偏執的少年和青年，直到家產揮霍殆盡，遇見一個賑濟他的老人，一切才有了轉機。老人三番兩次贈送子春巨款，他為了知恩圖報，答應為修道的老人看守丹爐。「不管看見了什麼，都是幻象，絕不能發出聲音，否則就會功虧一簣了！」

杜子春面對各式各樣的挑戰，恐懼的極限，他都咬牙撐過去了。直到轉世投胎成為女人，生了孩子變為母親，那一個關卡，怎麼也過不去。我會對淚流滿面的杜子春說：「父母對孩子的愛，是不可思議的，我們只得順從這強烈的情感。」

《西遊記》的孫悟空

《看我七十二變》，孫悟空啊，這石頭裡蹦出來的猴子，大鬧天庭無敵手，駕著筋斗雲，一衝十萬八千里。當一個唯我獨尊的美猴王，該有多麼快活？他為什麼竟心甘情願的成為唐三藏的大弟子，護著師父西方取經去？每當我看見唐三藏唸起緊箍咒，悟空疼得滿地打滾，總是覺得好不忍心。

在我們新編的故事中，唐僧與悟空不只是師徒，原來還是親兄弟。上一輩子，悟空乃是個粗心大意的哥哥，唐僧卻是崇拜著哥哥的弟弟，成天跟在哥哥身後，不管換來的是怎樣的冷漠與不耐煩，都無所謂。為了救親愛的哥哥，弟弟犧牲了自己的性命。這一輩子，悟空不管被唐僧如何誤解、怒罵、斥逐，都不離不棄，誰為兄？誰是弟？都不重要，重要的是，在前往西方的道路上，只要我們同在一起，每跨出一步，都充滿力量。

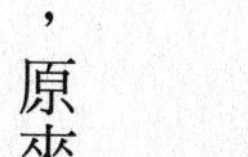

《鏡花緣》的唐小山

《花開了》，是《鏡花緣》的再創造。那是在清代最封鎖閉塞的年頭，卻有這樣充滿想像力的探險，在二十一世紀看來，仍適合蠱惑我們的孩子。這故事當然要由孩子領銜演出，那麼，就設定為唐小山和唐大海吧。這一對姊弟，姊姊不是一般的女生，弟弟也不是一般的男生。「我是個男生，可是，我跟別的男生不太一樣，怎麼辦呢？」我常會聽見孩子這麼問，也會看見父母親擔憂的眼神。不一樣就不一樣吧，有什麼關係呢？誰說男生一定要酷愛運動？女生非得斯斯文文呢？

小山姊姊武功高強，膽識非凡，她被揀選了，成為遊歷四海的姑娘；大海弟弟喜歡種花，體貼溫柔，他被揀選了，守護著家園，奉養著母親。每個孩子生在這個世界上，都有他的使命與作用的啊。我們不該執迷於自己的期望，我們該做的是歡喜成全，讓他們長成健全快樂的成年人。

敲響奇幻學堂的鐘聲

這四個故事，各有不同的風格，我與三位年輕優秀的作家——高培耘、孫梓評、張維中——花了一年多的時間，一起挑選、反覆討論，終於完成。四部作品完稿的那一天，恰好經過西門町，依舊是潮水似的人群，等著過馬路，而我站立在人群中，感覺心安理得。

【張曼娟奇幻學堂】的鐘聲敲響了，故事振動著想像的翅膀，帶領孩子飛進充滿香氣與歡樂的世界。

把飛鳥還給天空，天空便有了生命。

把故事還給孩子，孩子便有了魔力。

謹識於二〇〇六年九月二十八日教師節

人物榜

取經團

唐三藏

純真善良，敦厚老實，不貪名利，有一股使周邊的人都想向善的能力。表面上是取經團的領導者，但實際上卻是四個人當中最需要被保護的。他的性格很猶豫不決，而且常常缺乏安全感，有時候，甚至會無法完全信任徒弟的所作所為。不過，對於三個徒弟，他始終是非常愛護的。他有一個自己並不知道的大祕密，那就是原來他的前世是孫悟空同母異父的弟弟。上輩子，他為了救親愛的哥哥（孫悟空）一命而犧牲自己，但哥哥卻一點都不領情。於是，帶著遺憾，這輩子又與哥哥相逢了。

孫悟空

花果山上巨石蹦出的猴子。聰明伶俐，樂觀自信，雖然有時過於衝動，但全是出自於想幫助好人與維持正義。觀世音菩薩告訴他一個不能洩漏出去的祕密，那就是上一世他是唐三藏的哥哥，因為誤解了弟弟，害得唐三藏飽受委屈，變成一個很沒有安全感的人。筋斗雲和金箍棒是他的基本配備，他真正的絕妙功夫是「七十二變」，只要一根猴毛拔下來，唸個咒語，可說是打遍天下無敵手。

豬八戒

十足逗趣，好吃懶做，怕麻煩，但有一顆善良的心。原是天蓬元帥，因在天庭酒後亂事，被貶下凡塵，沒想到投錯胎，到了一頭母豬肚子裡。他有一句逗趣的口頭禪，不過並非是一句話，而是在話裡總愛夾雜著「噗」一聲，彷彿沒發出這聲音就無法開口。他的鼻子最為敏銳，取經途中，常常替大夥找到得以化緣吃飯的好地方。豬八戒手中的耙子是他的得意武器，面對妖魔入侵時，通常擔任中鋒的角色，輔助孫悟空。

沙悟淨

吃苦耐勞，沉默寡言，是四人當中個性最為穩定的。原是天庭的捲簾大將，因在蟠桃會上失手打破杯子，被貶到凡間看守沙河。他很理智，什麼事情都會深思熟慮以後才做，與孫悟空急躁的性格形成完美的互補，常提醒大家「欲速則不達」的道理。他的胸前掛有一串骷髏頭的項鍊，遇到緊急事故時，可以發出如同沙河裡的水，擊退敵人。在取經團當中，扮演的是後衛的角色，孫悟空和豬八戒與妖魔抗戰時，在後方保護好唐三藏，不讓他受到任何傷害。

神怪團

鎮元大仙

五觀莊的主人，種植相當神奇的人參果，吃下就能感受到神清氣爽，消暑清涼，甚至有回春的效果。他身邊尚有兩名道童相隨，是引發取經團「人參果事件」的罪魁禍首。

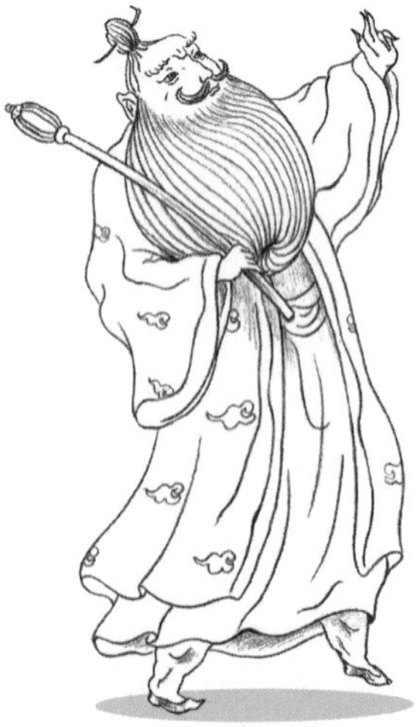

白骨精

十八歲的少女、九十歲的老太太、八歲左右的小孩，全都是白骨精變身而成的替身。白骨精擅長施展「屍解法」，能將假屍體留在原處，讓真正的本尊離開，屢次讓唐三藏信以為真，只有孫悟空的火眼金睛能一眼看穿。然而，白骨精掌握了人性的弱點，因此挑撥離間，讓唐三藏與孫悟空的師徒情誼產生巨大的危機。

霉怪

看起來是一個溼答答的黑衣人，其實是黴菌爬滿身，占據掉整張臉，看不出長相。總會在雨季裡出沒，會從黏膩的腳下竄出毛茸茸的黑菌，飛也似的匍匐過來攻擊他人，凡是被他纏上身而沒有立即脫身的，都會發霉長毛，最後動彈不得。

如來佛祖

當孫悟空大鬧天庭之際，最後出手鎮定亂局的大佛。他的出現讓孫悟空終於發現自己並非是萬能的，就算再厲害，也逃不出佛祖的手掌心。

觀世音菩薩

總是以一股溫柔的形象現身。告訴孫悟空一則「天庭的祕密」，讓孫悟空恍然大悟自己與唐三藏的關係。是取經團幕後的保護者。

土地爺爺

孫悟空被壓在五行山下時，陪伴他的好朋友。只是因為年紀大的緣故，很愛碎碎唸，更喜歡不停在孫悟空面前講陳年往事。

楔子

花果山稱王

所有的眼光都射向了我。

氣氛忽然拉高，緊繃到了極點。

我感覺到自己像是萬箭穿心般，被這些銳利的眼神給牢牢釘死，動彈不得。

在我面前的猴兒們，無論是大的或是小的，年輕的或是年邁的，活蹦亂跳的或是沉著穩重的，這一刻，他們的臉全都像是從同一個模子裡打造出來似的，有著一模一樣的表情——是的，他們全都在看我。

二、三十隻猴兒浩浩蕩蕩的站成一排，像是參加什麼告別式之類的，臉上寫滿了哀戚。他們怕我真的這麼做的話，很可能再也見不到我了。當然，我承認，以我這麼懂得察言觀色的性格來說，很快就能辨識出原來哪些猴子是真心希望我成功的，而又有哪些雖然在表面上裝出一副「你可要小心哪！」的關愛表情，但心底根本就想等著看我的好戲。我敢打賭，要是我真的無法從瀑布裡順利回來，他們肯定會樂不可支，笑到在地上來回打滾。

「真的有點危險呢！」一隻猴子故作溫柔的說。他不知道，他就是第一個被我看出一臉虛偽的猴。

「我看算了吧！生命是寶貴的。」站在最旁邊的，那一隻和藹可親的老猴子，十分擔心的勸戒我。

隨著我佇立的時間愈久，耳邊聽到的話就愈難聽。

「我看他是不行啦。」

「站在瀑布前說大話，果真是人類說的什麼？我忽然忘了。」

「口若懸河！」

「對對對！沒錯，他只是愛作秀而已。要我們別吵，自命清高，還以為他比我們勇敢多少呢，現在還不是站成一尊石像似的？」

「您這麼說就有失公允了。」

「怎麼？這會兒您倒想替他說話啦？」

「不不不，您說他膽怯得像一尊石像，我是要提醒您，他啊，本來就是石猴嘛！從石頭裡蹦出來的啊！」

「對！我看腦子八成是石頭做的吧，傻愣愣的，有勇無謀。」

一陣哄堂大笑，忽地四散開來。

他們的聲音很快就被嘩啦嘩啦的水聲給吸收了。而巨大瀑布的水聲，旋即又被我撲通撲通的心跳聲給掩蓋過去，銷聲匿跡。

不久之前，在我面前這一群懦弱的猴子，才為了誰該跳進瀑布裡，幾乎要打起架來。

事情的開端是在兩天前。我們發現現存的糧食已經完全用罄，可是要走到下一座森林覓食還有很長一段距離，若身上沒有攜帶些存糧，絕對無法抵達目的地。所以，我們必須尋找到食物。

然而，這個地方我們唯一沒有去過的，只剩下這道大瀑布後面的山洞。瀑布的水勢癲狂，光是靠近就覺得腳底在震動，氣勢相當駭人。多年來從沒有任何一隻猴子提出要闖過去看看的建議。不過事到如今，這是僅有的希望。雖然不確定裡面是否別有洞天，但確實也沒有其他的法子了。

膽怯的大家互推責任，這隻猴說那隻應該去，那隻又「推薦」另外一隻，而被推薦的又「謙虛」的承讓給其他猴。起先大家還保持禮儀，後來耐性兩分鐘就用完了（要知道猴子本來就沒啥耐性，能撐到兩分鐘算不錯了），彼此的火氣上升，講話更直接，便開始產生口角。那些平常只會耍嘴皮子的，這下子愈發嚴重，不斷的挑撥離間，讓幾隻猴子好幾次發生了肢體衝突。

場面十分混亂，看得我頭暈目眩。搞什麼呢？我辛辛苦苦從花果山的石頭裡蹦出來，好不容易有了見識這世界的機會，豈能把生命浪費在這種亂七八糟的紛爭裡呢？這些猴兒的格局未免太小了吧，連跳進瀑布裡張望一下的勇氣都沒有，恐怕也成不了什麼氣候。實在看不下去了。

「大家不要吵！我去就是了！」

突然一陣怒吼劃破天際，壓扁了所有的聲音。

鴉雀無聲。所有猴子的眼神都轉向我的時候，我才意識到，天啊，剛剛那句話是我喊的！我不知道哪來的勇氣，竟然自告奮勇了。

坦白說，要我跳下瀑布，我是一點也不害怕的。我的壓力來自於背負著大家期待的眼光。不管是真誠的或是虛偽的，那都是大家對於未來的想像。就在這一刻我清楚的意識到，未來全繫在我一人的身上了。

現在，全部的猴子都在等我一躍而下。

我深呼吸了一口氣，不再多想，兩腳一蹬，整個猴身便跳入瀑布。

待我努力撥開水幕，兩腳落地時，看見瀑布後面的山洞口寫著「花果山福地，水簾洞洞天」幾個大字。山洞裡竟然擺滿了石桌、石椅，種滿各種繁盛的蔬果，甚至還有小動物在裡面遊走，這些食材若不斷繁殖，吃上幾百年也沒問題。

我開心的再躍回瀑布外的世界，告訴大家我的新發現。

每個人聽過以後都開心得不得了，大家探頭縮頸的排著隊，接著便紛紛跟著我一起跳進瀑布裡。我們又找到了新天地。

在水簾洞裡，過著安逸的生活，一過就是好幾百年。

當年我展現膽量，率領眾猴跳進瀑布裡找到水簾洞的佳話，不斷在新生代的猴子間傳誦著。我因為這一偉大的事蹟，被推舉為王，現在大家都尊稱我「美猴王」，再也沒有人說我只是隻傻石猴了。

第一回

天庭的祕密

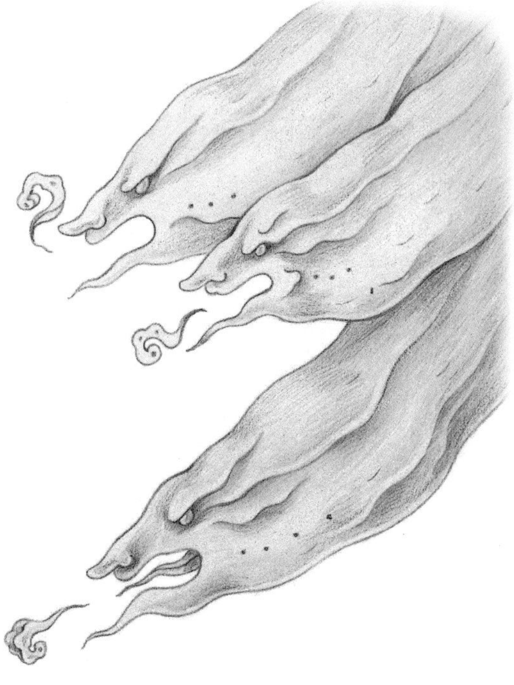

說真的，我還挺懷疑為什麼我會是隻猴子，而不是人，或者神。

我常常看著洞裡那群天真無知，每天只求溫飽的猴兒，心裡想著，不是我太驕傲，而是和大家比起來，我的膽量、思慮和情感的確都遠遠超過他們。他們可以這樣日復一日的生活，但懂得思考的我卻沒有辦法。

因為心思比他們都敏感，有一陣子我常常鬱鬱寡歡。一隻最得我心的小公猴，竟看穿我的心事。有一天，他對我說：

「大王，我曾聽說過有位菩提祖師，似乎是個很厲害的人物唷！如果大王找到他，應該可以過著很豐富的生活，學到很多法術吧。以您的才能，永遠待在這個小山洞裡，太可惜了。」

他的這段話給了我很大的啟發。我想，是該離開水簾洞的時候了。

離開水簾洞以後，探訪仙人的過程卻不順遂。我尋尋覓覓，流浪了八、九年，才終於找到了我要尋找的菩提祖師。一見到菩提祖師，我立刻下跪參拜，把老祖師給嚇了一大跳。

「小的百年前從花果山石頭裡蹦出來，無父無母也無名。在花果山裡稱王數年，眾猴稱我『美猴王』。懇請老師父收我為徒！」我說。

「猴子想當我的徒弟？哈哈哈！好一隻從石頭裡蹦出的猢猻！」菩提祖師笑著說：「好吧，那麼就把猢猻的獸字旁給去掉，讓你姓孫，名悟空吧！」

從此，我有了真正的姓名，那就是孫悟空。

我老孫成了菩提祖師的徒弟以後，放下了過去在水簾洞裡總是要別人來服侍我的身段，每天只學著灑掃應對、進退周旋的禮節，替大家砍柴挑水，沒想到就這麼過了好幾年。幾年下來，說實在的，我根本沒學到什麼真正的法術。

終於有一天，我實在按捺不住，在祖師向眾弟子講道時發難，要求祖師教我們一些真正的法寶，而不是管家的功夫。

「好吧，那就教你術字門。」祖師說。

「那是啥？可以長生不老嗎？」我好奇。

「不行。只能趨吉避凶。」

「那我不學。一點意思都沒有！」

沒想到平常脾氣很好的祖師搖搖頭，忽然站起來，跳下講壇，手持戒尺在我的頭上狠狠敲了三下便拂袖而去。眾人一片驚呼，說我把祖師惹惱了，又說我不學就算了，還敢頂嘴，都是我害的。

雖然大家都怪我，但我一點也不以為意，因為我已經猜到了祖師爺給我的密語。

就在當天晚上，大家都入睡之際，我躡手躡腳的走進祖師的房門，跪在他的床邊。不久，祖師翻過身見到我，很是吃驚。

「孫悟空，你不去睡覺，跪在我這裡做什麼？」

「師父白天時不是在眾人面前敲了我三下，暗示我夜半三更來找您嗎？」

「真有你的！」祖師歡喜的笑起來，「聰明、聰明！好吧，也算是你我有緣，我就傳授你一套絕活吧！但是，能不能學成，就看你的造化。過去我也曾經試圖傳授給很有慧根的弟子，但沒有一個人學成。」

「到底是什麼神奇的法術？」我躍躍欲試。

「七十二變。能讓你變來換去，飛來遁去，就算叫天呼地都拿你沒辦法。但是，記住，只有心存正念時，這法術才能施展。」

「我明白了。」

菩提祖師於是開始傳授我七十二變的口訣，實在是複雜極了，好在我老孫記憶力超強，全都默背下來。接下來的每一天，我不斷練習著每一項法術，不只滾瓜爛熟，還能舉一反三，連祖師都驚訝我超強的學習能力。

祖師見我奮力向學，還送給我一項絕招叫做「筋斗雲」，只要練會了就隨時能騰雲駕霧，一筋斗就能翻過十萬八千里遠。一開始我頻頻從雲上跌下來，無法控制，只能整隻猴身抱著雲朵隨它翻飛，經常一不小心就摔落下來，搞得腰痠背痛。後來在我持之以恆的努力下，逐漸駕輕就熟，掌控了騎乘的技巧。有好幾次，我忍不住在其他弟子面前，小露一手七十二變

裡的小把戲，把大家唬得一愣一愣的。

直到有一天，菩提祖師喚我過去，語重心長的說：

「悟空，也許是你該離開這裡的時候了。」

我詫異的問：「為什麼？師父不要我了？我哪裡做不好，師父可以指責我，我一定會盡力改過的！」

「不是這個問題。是你已經學會了七十二變，甚至比我所能教的還要強上好多。如果你一直待在這裡，其他的弟子看見你耍法術，一定會眼紅，紛紛要求我也得傳授給他們。可是你也知道，不是每個人都有慧根能夠學習。我當然不能對他們這麼說，他們並不會明白這一點。最後只會搞到彼此情感上有所摩擦，認定就是我偏心。」

「如果會帶給師父困擾，那麼我只得離開了。」

翌日，我依依不捨的告別了菩提祖師。

離開的這一天，眾人在門口歡送我。我跪在祖師面前，答謝他多年來的培育。祖師請我站起來，然後在我對他道別之際，從衣襟裡抽出戒尺，又在我的頭上打了三下。我怔怔的看著他。這一次，我是真的不懂了。

「難道是今晚三更？」我悄悄的問。

祖師紅著眼眶說：「不。這次是我對你的祝福：平安、健康和喜樂。」

我忍不住落下了滾燙的猴淚，緊緊擁抱著祖師。

離開菩提祖師之後，我駕著筋斗雲，神遊四海。

途經一大唐軍隊紮營之處，從天空中望下去，看見人人都身穿盔甲，手持盾器，好不威風的模樣。我忽然想起以前菩提法師曾提過，東海龍王最擅長打造水不能溺、火無法焚的神奇兵器，於是決定在筋斗雲上一翻身，躍進大海龍宮，向海龍王討兵器去。

海龍王看見我這不速之客，派出蝦兵蟹將欲降伏我。不幸的是，他們怎麼會是我七十二變的老孫對手呢？我甩兩、三下手，就將他們給擺平了。海龍王看了害怕起來，不敢拒絕我的索求，於是開啟兵庫大門，要我自己

挑選。我左看右看，最後只挑上根長二十丈的棒子。

「材質是不錯，但就是太長了，攜帶不方便。」我抱怨。

「您有所不知，這根棒子的神奇之處就在於能伸縮自如。只要唸些咒語，它就會立即縮小。」海龍王驕傲的解釋。

「我瞧瞧！」我唸了幾句海龍王教導的咒語，果然棒子就開始縮小。再咕噥幾句，又細短了一些，最後竟然還可以縮到比繡花針還微小，藏入耳朵裡。

拿了金箍棒的我，簡直如魚得水了。配合我的筋斗雲和運用自如的七十二變，相信很多事情都再也難不倒我。

想不到，我竟迷戀上挑戰自己能力的感覺。

到底還有什麼事情是我做不到的呢？既然海底都去過了，天庭怎能不去？於是，挑了個黃道吉日，我飛上天，把大鬧龍宮的本領又使出來，將天庭搞得雞飛狗跳。搞到最後，連玉皇大帝都不得不給我在天庭搞個職位來當。

然而，我知道他只是敷衍我的。要我當看管馬兒的什麼「弼馬溫」，簡直是大材小用，以為這樣就能收服我？我才不依。

我猴性大發，繼續鬧了鬧，玉皇大帝派出托塔天王李靖來對付我。我和李靖大戰三十回合，最後把他的愛子哪吒給打到落花流水，不得不投降。

隔天，太白金星出現在我面前。他說，他帶來玉皇大帝的聖旨，請我到天庭大殿，將封我為「齊天大聖」，並且請我就此歇手。我決定接受這個封號，然後表面上點頭同意不再鬧事，但實際上，我卻已經沒辦法停手了。

彷彿像是上了癮似的，過幾天，我又大鬧王母娘娘的蟠桃會。

然而，這一次可是真的惹毛了天庭。

王母娘娘向玉皇大帝哭訴，最後，他們請來了釋迦摩尼如來佛前來收服我。起初我有點緊張，但後來想想，不如趁這個機會看看如來佛又有多大的能耐？

「想知道我有多大的能耐嗎？」如來佛簡直會讀心，他說：「這樣吧，你自認本領強大，那就試試看你能否逃出我的手掌心。倘若逃出了，整個天庭讓給你稱王；倘若逃不出，你就得乖乖聽話修煉。」

「哈哈哈！我老孫筋斗雲一飛十萬八千里遠，有啥問題！」我自豪。

我甩了甩金箍棒，精神抖擻的站上筋斗雲，跳上如來佛的掌心，然後唸了幾句咒語，用像是閃電般的速度開始往西方飛去。

我飛了很久，突然有五根淡橘色的大柱子從雲霧間升起，擋在眼前，我怎麼過也過不去了。我心想，這肯定是西天的盡頭。

該怎麼告訴那如來佛說我已經飛到天的盡頭呢？

我從耳朵裡掏出金箍棒，吹口仙氣，一轉，就變成了一支毛筆。我在中間的大柱子上寫下：「齊天大聖，到此一遊」。

寫完以後，因為尿急了，還在柱子邊撒了泡尿。

回到如來佛的面前時，我大聲的宣布：

「別說逃出你的手掌心，老孫我根本已經抵達天的盡頭，還留下了記號呢！你叫玉皇大帝打包行李讓位吧。」

「什麼記號？你說的，該不會是這個吧？」

如來佛邊笑邊搖頭，伸出他的手掌到我的眼前。

我一看，簡直魂飛魄散。如來佛的手掌中指上寫著「齊天大聖，到此一遊」，還不時飄來一陣陣的猴尿臊味。太糗了。

正當我發現大勢已去，準備開溜之際，如來佛一把將我抓住，用力一推，我整個身體就劃破雲霄，往天外彈去。接著，砰的一聲落到地下，又看見一座五行山迅速從天而降，將我給牢牢的壓住。

如來佛從袖口抽出一張符咒，貼在山頂上，這意味著從此我失去了自由。烏龜背著龜殼還能到處亂跑，我呢，背了一座五行山，就只能乖乖待在原地，成天風吹雨打的，數不清過了多少日子。

終於有一天，一個身穿白紗、面貌清秀的仙人，飄飄然的現身在五行山前。這大概是幾十年來，唯一經過五行山的稀客了。平常每天出現在我眼前的只有土地公爺爺一個人。他從早到晚也沒事，就坐在我面前開始講古。講古就算了，老人家怕寂寞，還逼我一定要有反應：「好啊！好啊！再來！」簡直就是要我耍猴戲，快累死我老孫了。

「敢問您是？」我問。

「觀世音。」

「啊！久仰大名，觀世音菩薩！」我納悶的問：「菩薩來這裡郊遊嗎？我們五行山沒什麼觀光景點，只有我老孫算是稍微值得一看的。」

「我就是特地來看你的。」

「這還真是我老孫的榮幸了。可惜我現在被五行山壓著，無法起身向您

跪拜。」

「我有一個機會能讓你從五行山下脫身。」

「真的？」

「是的。條件是你必須陪同一位叫做唐三藏的僧人，去西域取經。」

「什麼？陪一位和尚？不行、不行。我六根不清淨，沒辦法跟和尚相處。」我斷然拒絕。

「他不是普通的和尚。」菩薩一臉欲言又止。

「不是普通的和尚？難道是吃肉又結婚的和尚嗎？」

觀世音菩薩沒等我把話說完，就從手托淨瓶裡抽出一支楊柳，大手一揮，煙霧四合，我看見幾個立體的幻影出現在面前。

「這是什麼？」我問。

「你靜心看一看。」菩薩說。

我看見兩個小男孩，應該是兄弟吧，像是哥哥的那個人老是對弟弟擺出一張臭臉。弟弟常喜歡跟在哥哥的屁股後面，但顯然那哥哥並不喜歡。

「你別老是跟著我！不要再叫我哥哥。我們雖然是同一個娘生的，但是我不承認你的爹是我爹。我娘是被他給拐騙過來的。我們不算兄弟。我猜你一定經常在你爹那裡說我的壞話，對不對？你愛告狀，亂講話，所以他才老是對我惡言相向。」

「你誤會了，哥哥。」弟弟一臉無辜。

「跟你說別叫我哥哥了！誰是你哥哥啊？」

「可是哥哥我喜歡跟你在一起。我沒有其他朋友了。」

「你快滾一邊！噁心鬼！」

一陣煙霧飄過來，又散去。眼前出現另外一個場景。

這對兄弟和父母去市場趕集，一輛送貨的馬車不慎撞倒水果攤，搭起帳棚的巨大木柱因此緩緩傾倒。哥哥正背對著帳棚，沒有察覺這一切。一旁的弟弟看到了，大喊：「哥哥，危險！」怎料哥哥一轉身，看見帳棚和木柱往自己面前倒來，竟然整個人呆在原處，傻掉了。

就在千鈞一髮之際，弟弟忽地衝向水果攤前，使勁將哥哥推開，木柱重重的朝他砸下來。

觀世音菩薩一揮手，一切都消失了。

「結果呢？那弟弟還好嗎？」我急忙的問。

「他死了。」

「真是太不幸了。」

「更不幸的是，他拯救了他的哥哥，但是他哥哥卻不領情。他覺得，弟弟是故意死的，這樣繼父就會更恨他，害他永無翻身之日。」

「怎麼會有這樣的人？」我忿忿不平。

「偏偏就是有這樣的人。」觀世音菩薩搖搖頭繼續說：「那麼，孫悟空，你知道我為什麼要給你看這些東西嗎？」

「還真不知道。」

「那個哥哥就是你。」

我愣著，過了半晌，才終於吐出一句話來：「不可能。我不信。」

「就像是你不信自己逃不出如來佛掌心一樣嗎？菩薩若是用妄語騙人，又怎能讓善男信女信服呢？」菩薩娓娓道來：「那是前世的你。你始終誤解、為你犧牲的弟弟，就是即將要去西域取經的唐三藏。你們前世是同母異父的兄弟。」

真不敢置信，我上輩子竟是一個那麼冷血無情的傢伙。

「上一世，你如此對待你的弟弟，讓他連死了都還被誤解。這一世，你的弟弟有幸被大唐皇帝挑選為取經大使，你去保護他當成一種補償，我想應該也不為過吧？」

聽到這裡，我的眼眶早已噙不住淚水。我完全說不出話來，只能默默的點頭。我答應菩薩，願意陪那個叫做唐三藏的出家人，也就是我前世的弟弟，一同前往西域取經。

「但是請記住，關於你們的身世，是天庭的祕密，不可洩漏讓唐僧知道，否則將壞了他的修行。」菩薩解釋：「他的上一世遭受到太多誤解，產生很嚴重的不信任感，遺留到這一世。所以，表面上是唐三藏將解救你，領你取經，但其實很多時候還得仰賴你的自信和機智，幫他過關斬將。」

「菩薩別這麼說，如果我上輩子真的是那樣對待他的，這輩子有這個機會為他做任何的事情，我都願意。」我誠懇的說。

「那就太好了。」

觀世音菩薩在返回天庭之前提醒我，幾天以後，唐三藏會經過五行山。屆時記得要大聲喊叫，請他來拯救我，那麼，我便將重獲自由。

我點點頭，開始期待重逢的那一天。

第二回

當我們同在一起

五天後，一個炎熱的清晨，當我睡醒睜開眼的那一刻，就看見遠方有一抹模糊的身影騎著白馬，正向五行山緩緩靠近。霎時，我忽然清醒過來，因為我知道我在等待的人已經出現了。

「悟空，今天這麼早醒啊？太好了！恰好我今天想講的故事特別長。」土地公早就守在我面前，等我起床。

「爺爺，拜託您饒了我吧，我今兒個不能聽您講古啦！而且以後恐怕也不能了。我老孫今天有重要的事情要做。」

我想起觀世音菩薩提醒過我的，見到唐三藏來時，必須趕緊發出求救聲。於是我請土地公讓一讓，提醒他把耳朵摀好，因為我要開嗓了。

「哎——唷！」我奮力一吼，果然大地都震動，「快救救我啊！」

我不斷大聲喊叫，但唐三藏始終都沒有再靠近我。剛才因為要裝得很痛苦的樣子，所以閉起眼睛吼叫，現在只好張開眼來看怎麼回事。原來我的叫聲太淒厲，把唐三藏的白馬嚇得四腳發軟。「咳、咳！」我調整一下音量跟感情以後，再喊叫了幾次，果然效果好多了，唐三藏已經出現在我的面前。

「師父！您怎麼拖了那麼久才來？我還以為您兩天前就該到了。請快救我出去，我要保護您去西天取經呢！」

唐三藏只聽見我的聲音，沒見到我，四處張望找尋著。後來他終於低頭看見了被壓在五行山下的我，露出驚訝的表情。

「會說話的猴！你怎麼知道我要去取經？且問你為何被壓在山下？」

於是我將來龍去脈解釋了一次，並且說是觀世音菩薩下凡來，告訴我關於取經的事情（當然，對於前世的事情，我全部守口如瓶），我很願意陪同師父走一趟。

唐三藏聽到我原來是由觀世音菩薩欽點的人選，十分喜悅。

「一隻潑猴能聽菩薩的教誨，肯定是有慧根的。你願意入我佛門，做我的徒弟，我也歡欣。可是我手邊沒有半項工具，怎麼救你出來？」

「師父，您看到山上貼了張符吧？」

「有的。」

「把它撕掉就行了。」

唐三藏將那張符撕掉以後，符忽然從他手上化作煙霧消散而去。

「那麼現在呢？」他問。

我心想，我怎麼知道？觀世音菩薩又沒教我。正當我還在這麼想的時候，忽然感覺到背脊一陣搔癢。接著，大地便開始搖晃起來。

「師父，你快先走遠避一避！我想我要出來了！」我說。

像是大地震一樣，整個世界劇烈的撼動著，不久，整座五行山開始碎裂，發出「砰」的巨響，渾身忽然一鬆，我就從山底跳躍出來了。

我舒展筋骨一番，立即向唐三藏下跪拜師，唐三藏請我快起。

「咦？這是什麼？」

我們同時發現在白馬的腳邊，多了一包東西。

「師父，快打開來瞧瞧！」我說。

「不是我們的東西，不應該擅自取用。」唐三藏告誡。

這和尚還真是不知變通啊。

「向您跪拜之前還沒有，跪拜以後就出現了，也許是什麼老天爺的旨意也不一定哪！」我只得好好的勸說。

唐三藏聽了覺得有些道理，於是將那包袱打開，裡面是一套衣服和一個金色的頭環。唐三藏將衣服展開來，發現幾乎是為我量身訂作的尺寸。我說，一定是菩薩送來的禮物，於是樂得拿來穿上，不僅是「人要衣裝」，猴也挺需要造型的，這麼打扮起來，果然英武有型。

「這頭環也試試看吧？」唐三藏遞給我。

我戴上以後，感覺到它在我頭上閃閃發亮，與我一身金毛必定十分相稱，增添不少貴氣。

唐三藏從包袱裡找到一張字條，上頭寫了幾句話，像是一套咒語。唐

三藏唸了起來，沒想到，他一唸，我整個頭忽然間痛得快爆炸了。

「這什麼頭環啊！搞得我老孫痛死啦！」

我立刻想把頭環取下，竟然怎麼拔也拔不掉。

唐三藏不再唸了以後，我的頭也不疼了。

「原來是一則緊箍咒啊，真有趣。」唐三藏說。

他將那字條翻過來給我看，可是字條上的毛筆字，突然每一道筆畫都蠕動起來。不到三秒，全跑出了字條外。現在唐三藏手上的字條已經是無字天書了。

「哎呀，我剛剛唸的究竟是什麼啊？」

唐三藏試著複誦一次他剛才唸過的咒語。我的頭又開始痛起來。原來他已經不知不覺的把咒語給背起來了。他一唸個不停，金環就緊緊勒住我的頭，簡直要陷進肉裡似的，痛到我兩隻手抱住頭，在地上不停打滾起來。

「師父別唸了！求求你！」我哀號。

「我知道了！這確實是菩薩送來的禮物。這樣子，如果你不乖的時候，我就可以唸一唸這緊箍咒來治你。」唐三藏笑起來。

我真是又好氣又好笑。

靜靜看著眼前這個長得相當俊美的和尚，怎麼想也很難想到，他前世居然是我的弟弟。然而，當他露出純真的笑容時，卻似乎又有一些難以言說的親切感。彷彿這個充滿溫暖的笑容，在夢中已經出現過好幾百回了。

我和唐三藏就這樣踏上了取經之路。

幾天以後，我們來到一個村落。唐三藏請我化緣，順便看看是否有好心人士能讓我們借住一宿。我晃啊晃的，選定了一戶人家，決定敲門拜訪。

門打開來以後，是一個表情凝重，眼珠子瞪得大大的家僕。

「怎麼了？」我問。

「家裡還有一頭豬沒走，現在竟然又來了隻猴？老天啊。」

我趕緊把唐三藏給請過來，家僕看見是個出家人，又聽我解釋了我們的取經之旅以後，他才稍微不那麼緊張。

「對了，你剛剛說豬？什麼豬？」我問。

這時候家裡姓高的老爺走出來，問是誰來了。家僕和他說明以後，老爺請我們進入客廳，並且替我們奉茶。他語重心長的，把家裡發生的事說了一遍。

「一開始招贅進來時還好好的啊，誰知道後來變成這樣。」

原來，高老爺替女兒物色了一個女婿，剛進高家時他的模樣倒也看得過去，耕田、施肥、播種和割稻，樣樣專精，可是沒多久，他就變了。首先他變得非常懶惰，食量驚人，經常一天要吃上三、五斗米飯，光是早餐就要吃掉二十根油條，五十份燒餅，七十碗豆漿。更恐怖的是他的容貌也開始變化，變成一個闊嘴大耳，還有個豬鼻子的呆子。

「如果他安分一點就算了。」高老爺說到傷心處開始啜泣起來：「可是，他竟然把我的小女兒關在後宅，不准他人靠近。他力氣大，只要誰靠近，就會被他的豬腳給踹得遠遠的。」

「善哉、善哉！天底下竟有此無理之人！」唐三藏執起佛珠轉了幾下。

「高老爺，您別擔心，這件小事交給我老孫吧！」

「是嗎？需要多少人力幫忙？要多少兵器？我趕緊吩咐下去。」

「不用、不用！有我老孫和這個東西就夠了！」

語畢，我從耳朵裡抽出一根繡花針，拋到天空中，吹一口氣，給一個眼神，待細針落回我掌心時，就立刻膨脹成一根粗大的金箍棒。

高老爺和家僕們驚嘆著拍手叫好。唐三藏頻頻點頭，露出滿意的微笑。

趁著那隻豬現在還沒回來，我隨著高老爺快步走到後宅，果然看見宅門深鎖。我擎起金箍棒，用力一搗，便將大門上的銅鎖給敲了個稀爛。一

踹開門，看見一個如花似玉但面無血色的女子，呆坐在床上。高老爺見狀，飛奔到女兒的面前，女兒一見到是父親，放聲大哭。

「快啊，老爺，快將您女兒接出去，留我老孫一人在此，好好來降伏害得你女兒面黃肌瘦的那隻豬。」我說。

待大家都淨空了房間以後，我捏指唸起七十二變的咒語，一轉身，就化身成高老爺的女兒。我自己看到鏡子裡唯妙唯肖的樣子，都忍不住竊笑。

我把宅門關好，銅鎖也恢復成原來的樣子。不久，腳步聲從遠而近，那隻豬仔果然不察有何變化，開了鎖就跌跌撞撞的走進房間。

「相公，你回來了啊。」我故意嗲聲嗲氣的說。

「哎唷！小寶貝，今天這麼關心我啊！噗。」

「人家想你嘛。」

好色的豬仔流出口水，發臭的身體靠近我，試圖吻我。

「等等，相公別急嘛。我有事呢。」

「除了等我回家，還會有什麼重要的事啊？噗。」

「不是的。是今天差點出事，你就要見不著我了呢。」

「什麼事啊？噗。」

這豬仔每講完一句話，就喜歡「噗」一聲。從他豬鼻子噗出來的臭氣，真是令人不敢恭維。

「聽家僕說，下午有個和尚跟猴子，叫什麼孫悟空來的，要去西天取經，闖進我們家說要抓你呢。」

「什麼！」豬仔搔搔頭，有點煩躁，「他來幹啥？我壞了他什麼好事？噗。我聽說過那隻潑猴，多年前他鬧過天庭，後來被降伏了。我想，是個孬種吧。噗。」

「你可別說他壞話唷。」

「我為什麼不能說那隻笨石猴的壞話了？」

「因為啊，你睜眼瞧瞧我是誰啊！」

一轉圈，我就恢復成手拿金箍棒的本尊了。

「孫潑猴！」豬仔跳起來，像是殺豬一樣的慘叫。

「潑你個頭！叫我齊天大聖孫悟空！」

雙手一揮，金箍棒在我手中一飛旋，轉了圈，往豬仔的頭上打去。

那豬仔自然不是省油的燈，抽起耙子與我對抗。我跳躍起來，轟的一聲將屋頂給掀開，接著就從屋頂騰空跳下。那豬仔先蹲後躍，也奮力往上迎戰。但豬仔身體過胖，跳不起來，整個人跌在地上。

他吃了我幾記金箍棒以後，動也不動。我上前觀察，怎料，他原來是裝死，忽然一翻身，就將我給推倒。就在他豬耙子要刮向我猴面的剎那，我拔下一根猴毛，吹一口氣，猴毛立即複製成一片毛毯將他給捆住。金箍棒再度落下，他被打得眼冒金星，最後，變成毛毯的猴毛又變成麻繩，將他雙手雙腳都牢牢捆住。

「呆貨，往哪兒跑！」

「可惡！噗！」

高家一家人和唐三藏趕到了現場。見我收服豬仔，大家歡欣鼓舞。

「明天就把他殺了祭祖吧！」高老爺說。

「祖先恐怕都不想吃他的肉吧。不如直接綁上石塊丟進河底。」我建議。

「阿彌陀佛，善哉、善哉！」唐三藏緊張的打斷我們的談話：「雖然這豬仔是畜生，也做出了不適當的事情來，但冤冤相報何時了，不如看他是否有誠心向善的機會，為世人服務，這樣不是更好？」

「是啊、是啊，師父說得對！噗。你們不是要去取經嗎？我決定改過向善，成為出家人，跟隨師父和大師兄一起去取經。」貪生怕死的豬仔說。

「誰是你大師兄？喊得這麼快。」我癟嘴。

「悟空。」唐三藏瞪我一眼，「誰都有犯錯的時候，最重要的就是有改過自新的誠意。我們應該鼓勵他的。」

誰都有犯錯的時候。是的。我沉默了下來。

「你叫什麼名字？」唐三藏問。

「小的，噗，叫豬悟能，師父跟師兄可以稱呼我為豬八戒，呵呵。我決定跟隨師父取經，戒斷紅塵八戒。」

「好的，八戒，你既然願意成為我徒，從此就算是改邪歸正。」

第二天離開高家時，豬八戒對高老爺說，請他好好照顧他的老婆。

「你都成為出家人了，還念著老婆？」

走在路上，我問豬八戒。

「大師兄啊，誰知道取經會不會成功啊。說不定半途而廢了，我還能回來還俗啊。要是沒當成和尚，又丟了老婆，豈不是兩頭空？噗。」

唐三藏騎在馬上聽到我們的對話，搖搖頭說：

「你們兩個別瞎說了。快點趕路吧！」

我們師徒一行三人，一路餐風飲露越過山頭，抵達一片平原，忽然聽見前方傳來波濤洶湧的聲音。我躍上筋斗雲一看，竟是一條澎湃的沙河擋住了去路。

「這下子該怎麼辦才好？」唐三藏說。

此刻，我們已經站在沙河的岸邊。岸邊立了塊碑，上頭刻著「流沙河」三個字。

就在我苦思辦法的當下，沙河中央突然捲起漩渦來，像是龍捲風一樣向天上盤旋著，接著，波浪中竄出一個胸前懸掛了九顆骷髏頭的光頭水怪。說時遲那時快，那水怪隨著沙浪就往我們面前襲來。

「阿彌陀佛！」唐三藏嚇得臉發青，豬八戒見狀，立即掏出他的釘耙，抵住水怪。「大師兄，穩住師父！」眼見豬八戒一邊抵抗水怪，一邊回頭向我示意。

不知道怎麼，我忽然跟他有了默契，讀懂他的眼神。我雙手一攤，只

見豬八戒用他的肥碩豬腳，將唐三藏一拐，就飛落到我的懷裡。

前方是水怪和豬八戒的戰場，後方是我護衛著唐三藏。

看來豬八戒占了上風，水怪節節敗退。不過就在水怪即將潰敗時，他胸前的骷髏忽地噴出怪奇的濃稠黏液，噴得豬八戒的眼睛張不開來。

「大師兄！大師兄！快救我啊！噗！」

豬八戒慌了手腳，跌到沙河裡，像一隻翻不過身的肥蟑螂。水怪趁機想用漩渦淹死他。這會兒，逼得我老孫要親自出馬，算那水怪倒大楣了。

「看招！」我兩腳一蹬，跳到筋斗雲上，利用筋斗雲的彈性一跳，翻了個圈，恰好擺出一個漂亮的迴旋踢，狠狠落在水怪的光頭上。

水怪重心不穩退後幾步，喝令沙河湧起，在背後撐住了他。

「沙河大法！」水怪大叫一聲，手掌向前一推，只見沙河捲起萬丈高，形成一個大圈，將我團團逼圍。水怪站在浪頭上俯瞰我，大笑：

「沙河密不透風，將愈縮愈小，你就算不窒息，很快也就會被擠得猴腦四溢了！」

「這點小把戲，就想制服我老孫嗎？」我拔下一根猴毛，放在掌心，雙手擊掌，大叫一聲：「穿針引線！」

我大手一揮，那根猴毛便無限拉長，穿載了千萬根細針，同時間向四方散飛，立刻將水怪築起的沙河刺破，刺得千瘡百孔，整道圓形沙河一會兒就垮了。

「哈哈哈！什麼密不透風？」我狂笑。

水怪一看，大事不妙，準備潛逃。我甩出金箍棒，將他打下，他整個人立即滾到岸上。我拿著金箍棒，頂住他的喉頭。

「饒命啊！師父！」他大叫。

我回頭，才看見唐三藏已經站在我身邊。

「我本來是玉帝身邊的捲簾大將，名為沙悟淨。因為失手打破玉杯，被貶到這裡來。我不是什麼妖怪，請不要殺我，我願意將功贖罪！」

「所言不假？」唐三藏和藹的問。

「出家人不打誑語。」他回答。

「我還沒收你為徒呢，已經迫不及待想出家了。」

「請師父收我為徒！」

想也知道，唐三藏的菩薩心腸勢必被打動了，果然同意收他為徒。

沙悟淨領我們平安渡過沙河。果然水怪還是有兩把刷子，渡河的時候，澎湃的沙河全安靜了下來，聽話得很。

不過，更安靜的是沙悟淨。他是個特別的人。比起我和豬八戒來說，他話講得少，情緒也看不太出來，沉穩許多，就像一條沉默的沙河，聽不見流動的聲音。

往西域取經的隊伍，現在一共是四個人了。

豬八戒問唐三藏，一路上還會再收徒嗎？擔不擔心取經團變成馬戲團啊？唐三藏笑著回答，四個剛剛好，就像是春夏秋冬的自然四季，彼此能

夠互補，所以不打算再收徒了。

就在此時，唐三藏的白馬忽然叫了兩聲。

「對啦！還有你啊，白馬。我們是春夏秋冬，你就當太陽吧！」

唐三藏說完以後，我們全都笑了，白馬也昂昂的叫了起來。

第三回

人參果的滋味

取經之路確實不好走。師徒四人跋山涉水，往西方趕路，沿途不只要面對環境險峻與氣候多變的考驗，更多的是人心險惡和鬼怪纏身的挑戰。不過個性迥異、彼此互補的我們，也算是一路上化險為夷。

唐三藏個性善良又充滿愛心，許多善心人士只要和他一番談話，二話不說，都願意主動伸出友誼之手幫助我們。

豬八戒雖然總愛碎碎唸，非常懶惰，又貪吃，不過也多虧了他那張嘴，經常直覺性的為我們覓得簡單但飽足的食物。沙悟淨不是屬於衝鋒陷陣的那一型，但他很明白欲速則不達的道理，常在困境到來之際，提醒我們慢慢想出辦法來解決，我們才沒有自亂陣腳。

至於我老孫，那就不用多說了，哪個破壞份子能對抗我的金箍棒和七十二變呢？

然而，有時候我們最大的敵人並不是別人，而是自己。

這一天，我們拐過一片樹林，經過一座宏偉的大宅。正當我們幾個人好奇之際，大門忽然緩緩的打開，兩個道童迎面走來。

「敢問，您們就是從東土派往西天取經的三藏法師一行人？」

「貧僧就是。」唐三藏立刻雙手合十回答，然後滿臉詫異的問：「兩位施主怎麼會知道我們呢？」

「我師父叫做鎮元子，是這『五觀莊』的主人。他有事外出，臨走時，知道您們將途經此處，特別囑咐我們要好好的款待。」

真沒想到，我們這取經團原來還挺聲名遠播的呢。於是，一夥人開開心心隨著兩位道童進入大宅，穿過了庭園，踏進前殿。不久，道童從房間裡為我們端上香茶來。不過，他們走到唐三藏的面前時，卻沒有替他端茶。

「師父說，要我們特別摘兩枚人參果來給您解渴。」

其中一個道童手裡捧了個蒸籠，他將蓋子掀開，唐三藏一看，臉色發青，整個人倒退三步。

「阿彌陀佛！善哉，善哉！出家人酒肉不沾，你們居然端上嬰兒，要我吃下解渴？」

我湊上前看，驚訝的看見蒸籠裡果然是兩個恍如初生的小嬰兒！

「師父，您誤解了！這不是嬰兒，是樹上結的果子。」

「瞎說！」唐三藏又看了蒸籠一眼，依舊猛搖頭，「明明是母親懷胎九月，辛苦生下的嬰童，怎麼能說是果子？」

兩位道童看唐三藏堅定拒絕，只好端著蒸籠返回廚房。

唐三藏回房間休息時，豬八戒鬼鬼祟祟的跑到我的房間來。

「大師兄啊，告訴你一個祕密。噗。我的房間最靠近廚房，剛剛看見那兩個道童，看師父不吃人參果，也不還給他們的師父，兩個人就自己私吞掉了。真是太可惡了，噗！」

「我看是你這呆貨想吃吧！」

「啊，對啦！噗，還是大師兄厲害，一下就看穿我。剛剛聽到他們喀啦喀啦的咬食，汁水淋漓，我的口水都止不住了。」

「你要想吃，我就替你達成這心願。」我急急轉身，欲往後花園去。

豬八戒見狀，扯住我，說：「等等，大師兄，我聽到他們剛剛說，需要什麼『金鑿子』來採收，人參果才能到手。不過，那金鑿子在他們房間，恐怕是拿不到的。」

「說你呆貨，一點不假。看我老孫的。」

語畢，我掐指唸咒，只見我頭頂的猴毛，頓時「唰」的一聲，全變長了，而且密密麻麻的，將我整個人都蓋住。「隱身大法！」在我唸完以後，我的猴毛就將我的身體給隱形起來了。

我順利潛進道童的房間，見他們兩人在打瞌睡，便悄悄的將桌上的金鑿子給取走。

我和豬八戒來到後花園，找到人參果樹以後，我立即拿著金鑿子爬到樹上。敲了一枚果子下來，可一不小心，果子就落到地上。豬八戒想要去撿拾，果子卻忽然間遁入泥土裡，消失得無影無蹤了。真是怪異。我小心翼翼的，再次敲拔果子，一共拿下了三枚。

所謂好東西要跟好朋友分享，我們趕緊將人參果拿到沙悟淨的房間裡。三個人迫不及待要好好享用一番。

豬八戒一口氣就把人參果吞下肚裡，看見我跟沙悟淨才咬下第一口，他忽然對沙悟淨說：「你在吃什麼？噗。」

沙悟淨詫異的問：「不是人參果嗎？」

「噗。的確是人參果！可是不知道是什麼味道呢。」

「你剛剛不是吃了嗎？怎麼還問我？」

「哎唷。」豬八戒一臉無奈的說：「好兄弟啊，誰叫我天生豬嘴，一口氣就吞下去了，哪能像你們細嚼慢嚥的？我囫圇吞棗，老是吃不出滋味來，

哥哥知道你是好人，不如把你的份給我再嚐嚐看吧？」

我聽了，用力朝豬八戒頭上敲了一記。

就在我們剛吃完不久，忽然聽到從師父的房間裡傳來陣陣咆哮聲。我們趕緊過去一探究竟，看見那兩位道童也在場，還一臉忿忿不平的樣子，而師父則是滿臉無辜。

「還裝傻？分明就是你教唆徒弟去偷採人參果的！」

「阿彌陀佛，出家人只行善事，兩位施主必定是誤會了。再說，無憑無據也不該認定是我徒兒的作為啊。」唐三藏好言相勸。

「看他們一副猴頭豬腦的，肯定就是。」

「我沒有啊我，噗。不是我偷採的！」豬八戒果真是個呆貨，不開口還好，一開口就露餡了。

「好啊，快說，不是你，那是誰？」那道童得理不饒人，忽然將眼光轉向沙悟淨，指著他的鼻頭狂罵：「就是你！一定是你！看你一副心虛的樣子，不吭不響的，你絕對就是主謀！」

沙悟淨是個老實人，被這樣栽贓真是倒楣。他不願意多說什麼，只是頻頻搖頭。我知道他是害怕一不小心將我給供出。

「教不嚴，師之惰。你們不承認，那就讓唐三藏受罪吧！我看這和尚啊，恐怕也是假仁假義吧。」

怎麼可以汙辱我的師父？事到如今，我實在看不下去了。

「那三枚人參果，是我偷的！」我揭開謎底。

唐三藏聽了，覺得很是抱歉，要我快跟道童認錯道歉。雖然我認為他們也有錯，因為他們自己也偷吃了原來要給唐三藏的果子，不過，為了聽唐三藏的話，我還是道歉了。

怎料，他們非但不接受，還更加跋扈。

道童瞪大了眼睛，說：「早就猜到是你這隻潑猴。而且，你到現在還在扯謊！你明明偷了四枚，還說只偷了三枚？」

「我確實只採下三枚。」

「明明就是不見了四枚！」

道童不聽我解釋，兩個人一前一後呼應著，把我們鎖在房間裡，不讓我們離開。

他們說，要將我們關起來，等到他們師父回來後，再好好來處置我們。臨走前，還嚇唬我們，他們師父最痛恨好心接待別人，結果對方卻偷取人參果。記得上一次發生了類似的情形，那些賊，最後全沒有走出這大宅。

他們走後，唐三藏滿臉愁容，擔心取經之路就此斷絕。

「師父，您別著急。大師兄一定會想出辦法的。」

總是冷靜的沙悟淨安慰唐三藏。

「是啊，噗，大師兄您可要在我要吃下一餐之前，就得想出辦法來啊。我很快就會肚子餓的啦！」豬八戒甩甩豬耳朵，摸摸他的大肚腩，口水差一點就流下來。

「他們這點把戲，哪能關得住我們！」我笑起來。

「可是他們剛剛說，會每一刻鐘就來查房一次。我們要是逃走了，很快就會被發現，一定會把我們給追回來的。」沙悟淨分析著。

「放心！」我說：「你們幾個，坐穩啦！」

我從耳朵抽出繡花針，一轉，就變成金箍棒。

接著，我嘴裡唸著魔咒，拔下身上四根猴毛，一口氣將它們吹浮在半空中，然後甩出金箍棒，一一點中每一根猴毛。「栩栩如生！」猴毛在我的口令下，落到地上時，地上便冒出了一模一樣的唐三藏、豬八戒、沙悟淨和孫悟空。

這時大家才明白，我製作了每個人的分身。這幾個分身安安靜靜的坐

在房間裡打坐，而身為本尊的我們，早就開溜了。

我們走沒多久，眼前忽然捲起一陣狂風。一個老仙現身，擋住前方。

「所來何人？」我擎著金箍棒問。

「吃果子不拜樹頭嗎？我就是人參果的主人，『五觀莊』的鎮元大仙。」

他話一說完，就擊出鐵棍，兩道銀光直奔而出，將豬八戒和沙悟淨狠狠的彈了開來。哼，銀光有什麼了不起？我甩出金箍棒，棒子的兩端頓時噴射出劇烈火苗，逼向老仙。「燒掉你的大鬍子！」我叫道。

但沒想到老仙突然幻化成光，唰地穿過我的胯下，反將我身後的唐三藏、豬八戒、沙悟淨一網打盡。

我翻過身，老仙放狠話：「你要是輕舉妄動，這三人立刻斃命！」

我才不管他說什麼，衝上前要拯救他們。老仙手上的鐵棍，這時竟用力的往唐三藏身上擊去，唐三藏發出痛苦的呻吟。

「不准打我師父！」我悻悻然的凝止了動作，忍不住大叫：「是我的錯！偷果子的是我，吃果子的是我，要打就打我！」

「你這潑猴倒是敢做敢當。但我徒弟說，他們招待唐三藏兩枚果子，那麼原本三十枚果子，應該還有二十八枚。你說你偷走三枚，就應該剩下二十五枚。然而事實上，只有二十四枚。你明明偷了四枚，卻堅稱三枚？」

「大仙，那兩枚，我師父並沒有吃。」

「胡說！我徒弟明明採收了下來。」

「他們是採收了下來沒錯，但我師父覺得那長得太像嬰兒，所以不敢下嚥。我的師弟親眼目睹是他們躲在廚房裡自己私吞了。」

「什麼？竟有此事？」

老仙自然是不相信我的說詞。沒關係，七十二變什麼都能做到。

「時光來回，急急還原！」

我施展了法術，將金箍棒變成一池水塘。水塘裡隱約浮現出畫面來。

我將一切事情發生的前因後果，全都在老仙面前重播出來。果然，老仙不只看見他的徒弟私吞人參果，同時也看見我去偷摘的過程。

老仙看完以後，立即將唐三藏、豬八戒和沙悟淨給鬆綁。

「你們快走吧。」他慚愧的說。

「抱歉，給老仙帶來困擾。」我說。

「不。是我的錯。我應該先查明事實，再來追究。」

「那，憑空消失的那一枚人參果？」我好奇。

「它沒有消失。我看見你在砍摘時，最先那枚落在了土裡。人參果只要落到土裡就會被吸收掉，然後十天以後會長回去。而我的徒弟也犯了跟我一樣的錯誤。他們沒有查證，就誣賴是你偷了四枚。真不應該。」

「原來如此。」我放下心中一顆大石。

「總之，真是對不起了。」我再次鞠躬。

「別這麼說。真的需要道歉的人是我。我才是教不嚴，師之惰。」老仙轉向唐三藏，說：「法師，您有這樣的徒弟，真是很值得驕傲的事情！」

唐三藏微笑著點點頭，竟害臊得臉紅起來。陽光捲進他臉上的酒渦，我忽然有了落淚的衝動。這個在前世就以我為傲的弟弟，即使到了這一世，不知道我們過去的祕密關係，但在潛意識中竟仍然不知不覺以我為傲的啊！想起上輩子自己所犯的錯，我就愈發覺得難過了。

「阿彌陀佛，知錯能改，就是人生的最高境界。」

唐三藏雙手合十對著老仙和我說道。

沒錯，犯錯了就該認錯並且改過，無論是什麼人物，都該如此。

「哎呀，你們兩個，噗，就別再道歉來道歉去的，我老豬吃飯時間到了，快餓扁了啊！」豬八戒臉色已經開始發白。

老仙要我們等一等，他有東西想給我們，請我們待會兒再上路。

不一會兒，消失的老仙又回到眼前。他帶回一個斗大的包袱交給我。

我狐疑的打開來，香味四溢，原來是一堆人參果。

「一點點的心意，請笑納。」老仙說。

「唉，這怎麼好呢？」我說。

「還怎麼好？噗，就太好了啊！」豬八戒忍不住拿起一枚來解饞。

「師父，人參果只是長得像嬰兒，但確實是果子，請安心食用。人參果相當神奇，能讓您神清氣爽，消暑清涼。」

經過老仙一番解釋，唐三藏才願意嘗鮮。

正當一夥人大快朵頤之際，不知道什麼時候，再次抬起頭來時，才發現老仙已經消失了。

風繼續吹，而我們仍在路上。

第四回

悟空的無奈

日月競走，轉眼間，已是秋天。

自從走進這座縱谷以後，總是多霧，而且這裡的霧和他處不同，經常會呈現出一股鬼魅的棗紅色澤。

聽我這麼一形容，豬八戒的鼻子發出嗡嗡兩聲，緊張的問：

「啊？棗子？大師兄啊，哪裡有紅棗子，噗？」

「呆貨，話進到耳朵永遠只剩一半。」

「那剩下一半哩？噗？」他搔搔自己的豬頭。

「另外一半早就在你的豬肚裡啦！」我揶揄他。

還好沙悟淨可沒那麼輕浮。

「這不是尋常景象，必有蹊蹺。」

我聽了，用力點頭，完全同意。

「或許只是特殊的地理現象。」唐三藏聽到我們的討論後，說：「大自然跟人性是相同的。如果我們不該對人有預設的懷疑立場，那麼對於大自然又為何要抱以邪惡的想像呢？」

「是啊，是啊，噗！師父說得有理，呵呵。」豬八戒痴笑起來。

我們不疑有他，師徒四人繼續趕路，彎進一山腰處，忽然聽見有人喊叫救命。

我們循著聲音，發現在不遠處竟然有個約莫十八歲的少女，被綁在大樹幹上。豬八戒見到那女子長得可愛，動作比誰都快，立刻上前將她鬆綁。

「敢問施主，受到誰的欺負，竟讓您遭受如此痛苦？」唐三藏問。

沒想到，唐三藏的話都還沒說完，那女孩就潰堤而泣。

「多謝師父！我姓紅，住在山邊。昨天晚上被一群強盜綁架劫財，被綁在這兒，已經凍了整個晚上！」

當這女孩開始哭訴時，起先我是正對著她。可是我發現，她始終避開我的眼神，轉而向著唐三藏傾訴。

這眼神和舉止並不單純。我於是在一旁默默觀察著，發覺到女孩雖然在痛哭流涕，可身子卻一點激動的起伏也沒有。我老孫一眼便看穿，這分明只是高超的演技罷了。

這女孩是個妖精。

就在她掛著淚水，忽然向唐三藏靠近的時候，我立刻抽出金箍棒，劈頭就打。妖精發出淒厲的叫聲。

「悟空！你在做什麼！放肆！」唐三藏喝斥制止。

「師父，您不明白！」我又一棍往她的頭上敲下去。

「救命啊！」妖精故意大叫。我瞥見她對我迅速的閃過了一抹冷笑，接著，口中唸唸有詞，忽然整個人就倒在地上。

「阿彌陀佛，善哉、善哉。」唐三藏嚇得渾身發抖，他看著我說：「你竟然打死一個無辜的落難女子！」

「師父，您別被騙了。她沒死。她是妖精，這只不過是她使出了『屍解法』，將假屍體留在原處，真正的本尊早已離開。」

我解釋，但唐三藏半信半疑，仍是驚魂未定的模樣。一旁的豬八戒見色忘友，假慈悲的跪在那妖精屍體旁，迸出串串豬淚來。

「大師兄你實在太狠心了！這麼一個如花似玉的美少女，噗，就這樣活活被你打死了。不給她解釋的機會，說不定她不是妖精，是你判斷錯誤啊！我看大師兄什麼都不怕，就怕緊箍咒吧，噗！」

唐三藏耳根子軟，聽信了豬八戒如此挑撥離間的言論。他執起佛珠，振振有詞的唸起來。轉瞬間，我頭上的箍環用力縮了起來，快把我的猴頭給夾破了。我痛到在地上打滾，大喊饒命，求師父不要再唸了。

「師父息怒，我下次不敢了！」

「唉，師父也不願意處罰你，『知過能改，善莫大焉』，你懂得改過就好。」唐三藏說。

大夥繼續趕路，拐過一個山坡，又聽見一陣哭聲。四處張望，就在一個大岩石旁，見到一個老太太，聲嘶力竭的哭著走來。

「呆貨，還不上前探個究竟？」我看準了豬八戒只對年輕女孩有興趣，於是故意差遣他。

「嗯……我，噗，腳忽然不舒服。還是你去吧，大師兄。」

我扯了扯他的豬耳朵，說：「我看你是擔心自己眼睛不舒服吧？滿腦子色念頭，眼裡只有年輕女孩！算了，我老孫自己去，因為那老太太，一看就知道是有問題的！」

「可能也是不速之客嘍？」沙悟淨判定。

「待我老孫測試一番。」

我迎面走到那老太太面前，其實我看她一臉哭相，心底認定也只不過是方才那妖精的表演技巧而已，但這次為了保險起見，我暫不輕舉妄動。

「老太太，您有什麼苦衷？」我試探。

「就是你這猴崽子，殺了我的女兒是吧！」

她愈哭愈大聲，並且故意朝著心軟的唐三藏喊叫著。這招果然奏效，唐三藏難過的上前安慰，並且好心向她解釋，死的那一個或許並非她的女兒，請她先別擔心。她的女兒很可能被妖精附身了，如果她同意的話，我們願意替她找尋女兒真正的下落。唐三藏轉過頭來看我，我急忙點頭。

「我不管！我女兒一定是死了！我要你償命來！」

她忽然抓住我的手臂。我很想反擊，因為她可能隨時會出招殺害我，但如果我現在就出手，師父一定以為我又濫殺無辜。

我靈機一動，問：「您說您是剛剛那女孩子的親娘？」

「親娘，是啊。」她愣了一下才回答。

「確定是親娘？您貴庚？」

「你殺了我的親生女兒，還質疑我們的關係，想脫罪嗎？」她避而不答。

「哈哈哈！剛剛那妖精只有十八歲，您少說也有九十歲，難道您七十多歲才懷孕產下嬰兒嗎？」

她臉色驟變。我發現她正準備要出手時，搶先一步阻擋她。

不過，她這次學乖了，並不等我打她，就忽然裝作心臟病發作似的，整個人怒髮衝冠，抽搐起來。不久，她口吐白沫倒在地上，又死了。

「阿彌陀佛！悟空，你把老人家給氣死了！」唐三藏幾乎快落下淚來。

「她沒死！她也是使出了『屍解法』，千萬別被騙了！」

「如果你說的是真的，她就像是先前那般逃走就好，何必心臟病發作？」

這妖精深思熟慮，果然抓住唐三藏的心理。

「師父，您剛剛也聽到我和她的對話吧。其實，她跟之前那個女孩是同一個妖精變的。可惜，她一時疏忽，沒算準年齡，露出破綻來。」

「罪孽啊！九十歲是你說的，她並沒有說啊。也許只是她看起來衰老一些，而你沒有經過求證，就對人如此怠慢，結果活活把人家給氣死了。」

豬八戒不幫忙，還火上加油：「是啊，大師兄，你怎麼能單憑人的外表決定一切呢？」

「這話由您口中說出來，不太客觀吧？」沙悟淨忍不住開口了。

「請注意，噗，我是你的二師兄！」豬八戒故作姿態。

「悟空，你先前不僅隨便出手打人，這次又對長輩表現出惡劣的態度，活活把人家給氣死，我真的無法原諒你了！」

唐三藏語畢，即刻執起佛珠，開始唸誦緊箍咒。

「哎呀！天啊！好痛、好痛！」我大喊：「別唸了！」

「我不認你這個徒弟，你回去吧！」

唐三藏忽然這麼說，同時也停止了唸誦緊箍咒。

忽然，我想起眼前這個和尚其實是我的弟弟啊。我可是承諾了觀世音菩薩，要保護他去取經的。結果，他這麼不領情，居然要我回去？雖然說

我上輩子虧欠於他，但聽到他說出「不認我這個徒弟」的話，實在也挺嘔的。

「好，回去是可以，」我忿忿的說：「有件事情您必須解決一下。」

「什麼事情？」

「大師兄想要分行李，不想兩手空空的回去吧，噗！」豬八戒插嘴。

「呆貨，你給我閉嘴！」我真想把行李全塞進他的豬嘴。

深吸一口氣，我對唐三藏說：「師父，您得替我解開這頭箍才行。」

「啊？」唐三藏大驚失色：「我只知道緊箍咒，沒有什麼鬆箍咒哪！你忘了嗎？在那個天上掉下來的包袱裡，並沒有解開頭箍的解說。」

我洩氣的跪下來，說：「如果真沒有，師父，您還是帶著我走吧。若沒有取經成功，我想，這是無法卸下的。」

「唉，悟空，你起來。我就再原諒你一次吧！」

所幸唐三藏的氣早已平息了。我向他道謝後，大夥再度啟程趕路。

想不到才走不到十分鐘，不遠的前方又傳來了陣陣哭聲。

「不會吧，又來了。」沙悟淨說。連一向很少抱怨的他都忍不住了。

這次的哭聲，聽起來像個孩子。唐三藏大約覺得不忍，促馬上前，趕到松樹下，赫然見到一個七、八歲左右的小孩被綁在樹上，痛苦萬分，聲淚俱下：「救命啊！師父救我啊！」

「悟空，快去將他救下！」

唐三藏要我爬上樹去解救那孩子。

雖然我知道那小孩肯定也是妖精化身的，無奈又不敢違背師父，只好趕緊將他救下來。

「孩子，別哭了，發生了什麼事情呢？你爹娘呢？」唐三藏問。

「我不知道。小的姓紅，昨日我和娘被一群強盜劫持了。」他邊哭邊說。

「哎呀！」豬八戒驚呼：「不好了，被大師兄打死的那個女子，是他娘。」

我敲了敲八戒的豬頭氣得嚷：「瞎說！那女子十八歲，這小孩大概有七、八歲，難道他娘十歲就生下他？」

小孩聽到媽媽被我打死，放聲大哭。當然，我知道他根本是妖精，不管哭得多麼斷腸，都只是作戲。

可是，唐三藏的性格可不像我。菩薩心腸的他聽到小孩子如此傷心，心都碎了，哪能理智思考？

唐三藏不斷安慰小孩，但那妖精抓著唐三藏不放，哭嚷著：「我娘死了！我要回家找我的奶奶！」

「哎呀呀！」豬八戒又大叫：「我噗啊！他奶奶？大師兄不但打死了他娘，也打死了他奶奶！」

「什麼！娘、奶奶都死了？」死妖精見狀變本加厲，鬼哭神號。

唐三藏提議：「孩子，你先別哭，也許事情並非如你所想像的。我們遇到的人，極可能不是你娘和奶奶啊。這樣吧，不如我們帶你回家，你告訴我們你家在哪裡。悟空！你來背他吧！他一定很累了。」

豬八戒聽了，在一旁竊笑。我心不甘情不願的答應了。心想，要我老孫來背你？好。你最好別在我背上耍什麼花招。

我背著那孩子，故意走得很慢，遠離唐三藏。我擔心太靠近了，這妖精更容易趁我不方便注意他的舉動時，對師父閃電下手。

「死潑猴。」

「什麼？」我側過頭問背後的小孩。

「我說你這死潑猴，讓你來背我，真是爽快！」

「你果然就是之前那個妖精！看我老孫……」

他打斷我的話：「你最好小心點！你現在想對我怎麼樣的話，我會讓你在唐三藏面前吃不完兜著走唷。」

「你竟然威脅我？」

「你別破壞我的好事。我是要唐三藏的命，不是你。你要是能跟我一起配合，我是願意給你些甜頭的。」他用孩子的聲音冷笑著。

我一聽到他要唐三藏的命，二話不說，立刻來一個大轉身，將他摔到地上。他雖然是個孩子的身體，但本質是個妖精，當然沒那麼容易受傷。他雙手一揮，逼出一道黑光，急速射向我。我拔下一根猴毛，一轉，猴毛變成鏡子，擋住他射來的黑光，同時更將光芒折回，打到他自己的身上。

「師父！猴子要殺我！啊！」

他故意大喊著，讓唐三藏聽到。然後，他對我冷笑著，悄悄的說了一聲：「我走啦，你慘嘍。」他又施展了「屍解法」，將假屍體留在原處。

唐三藏調馬過來，看見孩子「死」了，吃驚大嘆：「孫悟空，你猴性難改！居然將可愛的孩子給弄死？我真的不敢相信！」

「師父，你聽我說，這……」

我話還沒說完，就感覺頭劇烈的疼痛起來。唐三藏又唸了緊箍咒。他足足唸了快五分鐘，我痛不欲生，只能猛力將頭往岩石上撞去。

好不容易，他終於不唸了。

「你走吧。」

唐三藏用力的擠出這三個字。

所有的人都沉默下來，詫異的看著他。

「師父，大師兄他也是為了我們的安全著想。」沙悟淨替我說話。

「是啊，噗，師父，所謂事不過三，等到下次大師兄又濫殺無辜的時候，您再處分他好了。」

豬八戒，你到底是在幫我還是在害我啊？呆貨！

「悟空，你、走、吧。」唐三藏再次重複。

我佇立在原地，回應他：「不，我不走。」

「貧僧無法忍受身旁有如此衝動殺生的徒弟。你快離開吧。」

「我已經承諾了師父，要跟您去西天取經，不能反悔。」

「我是無法開導你了。你還是趕緊離開，去找一個能夠開釋你的人吧。」

我是你的哥哥啊！說吧，快說出這個天庭的祕密吧！只有說出來，你才能明白為什麼我不能離開你。親愛的弟弟，你知道不知道，這輩子我們還能重逢，是多麼幸運的事情？這輩子就讓我照顧你吧。

「我其實是您的……」我要洩漏了。

「你不是我的徒弟，我也不是你的師父了。快走吧！」

唐三藏騎上白馬，撂下這句話以後就不再理會我，往前方走了。我愣著，看見豬八戒跟上前去。

雖然唐三藏頭也不回，我還是在他的身後鞠躬道別。

「大師兄。」沙悟淨說：「怎麼辦？師父被妖精給迷惑了，真要趕你走。

可是我知道，我們不能沒有你的。」

「唉。我還是離開吧。如果你們路上遇到什麼困難，將這根猴毛搓一搓，吹到半空中，在花果山的我就會感應到的。」

我拔下一根猴毛，交給沙悟淨。我緊緊握住他的雙手，而他則給了我一個充滿溫暖的擁抱。

「筋斗雲來！」我一喊，雲朵從天而降，停泊在腳邊。我踏上筋斗雲，一翻身，就躍上了藍天。我在高空中目送他們漸漸遠離。終於，當唐三藏消失在我視線的那一刻，我停雲住步，忍不住腮邊淚墜。

第五回

對決白骨精

觀世音菩薩說得對，唐三藏在上輩子遭受到太多的委屈，那股巨大的不安全感遺留到這一世來，導致他雖然會輕易的相信別人，但是也不容易信靠身邊的人。這一切不能怪他，必須怪我。

回到花果山的我，又當起水簾洞的美猴王，眾猴們歡欣的迎接我，成天吵著要我說一說旅途所見。幾個星期過去了，雖然日子過得輕鬆，但我沒有一刻不想念仍在取經路上的夥伴。常常不自覺的摸著頭上的緊箍環，多麼希望唐三藏再一次唸起緊箍咒來。

就在某一個午後，正在午睡的我，突然間頸子發癢起來。我抓了抓，但反而愈來愈癢。一個念頭頓時闖進我的思緒，我被電到似的站起來。是他們遇到困境了！這是沙悟淨拿著我的猴毛所發出的求救警訊。我盤腿坐下來，揮舞手勢，輕聲唸著：「七十二變，幻影聯結！」不到三秒，我便出現在沙悟淨和豬八戒的面前。

「鬼啊！」豬八戒大叫。

「大師兄，你來了！」沙悟淨喜出望外。

「我可以說是來，也可以說是沒來。不如你摸摸我？」我說。

沙悟淨有些為難，竟臉紅了起來，「嗯，大師兄，這樣好嗎？」

「哎唷，你在想什麼啊？你握握看我的手。」

沙悟淨伸出手來準備握住我的右手，他的手卻從我的手穿了過去。

「大師兄，這是怎麼回事？」

「你現在看到的是我的幻影。我其實人還在花果山，是感覺到你的求救，才從那根猴毛變成了我的分身。」

「如此逼真，果然厲害。」

「到底發生了什麼事情？」我現在才注意到，面前只有他們兩個人，緊張的問：「師父呢？師父去哪兒了？」

「師父他……他被抓走了。」沙悟淨說。

他們迅速的將整件事情的經過告訴我。

原來先前遇到那妖精化身成女子、老婆婆和小孩，連續三次製造出死亡事件，目的就是要離間我和唐三藏之間的感情。妖精知道取經團不能沒有我，所以企圖藉此讓唐三藏對我失去信任，同時又能收買他善良的心。

就在我離開以後，他們遇到幾次突發狀況。因為我已經成功被驅逐了，所以妖精的目標自然落到沙悟淨和豬八戒的身上。妖精重施故技，讓唐三藏也對他們兩個失去信任，最後，變成老公公的妖精終於趁唐三藏毫無保護的情況下，輕鬆擄走他。

「就在不遠處的那個山寨裡！」沙悟淨指著前方。

「那妖精真是太可惡！不過，師父也太不小心了。」我說。

「我們得快點行動。我和八戒討論了一下，根據先前幾次他的行徑，總是使用出『屍解法』的伎倆。他這麼想要師父，一定跟這法術有什麼關係。」沙悟淨說。

「沒錯。我在花果山研究了一下。他是『白骨精』，最擅長的就是複製出一整具以假亂真的身體，不過製造出來的身體並沒有靈魂，所以都像是屍體一樣。他這麼做只是為了方便本尊脫逃。」

「那他會怎麼對待師父？」

「白骨精必須在人尚未斷氣的情況下，活活剝下他們的皮肉，拆下他們的骨頭，熬成大骨湯，立刻喝下。」

「我的天啊，噗，好噁心！」豬八戒大叫。

「你這豬仔也有嫌噁心的時候？」

事不宜遲，我們三個人立刻往那山寨移動。

正當我準備一腳踹開大門的時候，大門忽而自動倒下。

一陣靜謐。

「怎麼回事？」豬八戒問。

「風雨前的寧靜，要小心。」我才剛把話說完，就忽然見到城牆上飛射出萬支利箭，朝我們快速飛來。

「是白骨箭！」我大喊：「你們躲到我身後，快！」

我從耳朵掏出金箍棒，用力迴旋，金箍棒快速旋轉，變成一只巨大的螺旋扇，把差點要刺中我們的萬支白骨箭給打到外面。

白骨精看到萬箭無法攻心，頓時現身。

「三個蠢蛋！今天就要你們的命！」

白骨精兩手一揮，一個非常噁心的景象出現了。從他的手上竟然爆裂出許多血淋淋的骨頭，每一根骨頭瞬間伸出利刃，像是長了眼睛似的，即刻朝我們刺來。我一樣想用金箍棒甩開這些骨頭，可是這次骨頭的飛行方向不是一致的，有的從後面包抄我們，整個包圍住我們。

「哎呀！哎呀！痛！」豬八戒和沙悟淨都被割傷了。

他們兩個繼續跟這些白骨奮戰，我騎上筋斗雲，飛到白骨精面前打算直接擒拿他。他自然不是好惹的，兩腳一踢，大喊「白骨煙霧」以後，從膝蓋裡頓時冒出大量濃煙，噴到我的面前。

煙？糟糕！我差點忘了，我現在只是個幻影，真正的我在花果山啊。

「哈哈哈！別以為我不知道，什麼七十二變幻影聯結嘛！幻影必須是以水和空氣結合才能製造出來的，其實說穿了，只是煙。既然是煙，我就以煙制煙，讓你的假潑猴陷入一團迷障，混亂你一番！」

我頓時看不清楚，而且感覺到離那裡愈來愈遠，整個幻影快要被他所釋放的煙霧給混雜在一起了。

「大師兄！你怎麼了！你的腳呢？」沙悟淨見狀大叫。

「你們兩個，快過來幫忙！」

他們兩個將那些血淋淋的骨頭打落得差不多了，趕緊飛奔而來。

「這下子真的要靠你們兩個了。」我悄悄的對他們說：「無論如何請至少拖延兩分鐘，讓我從遙遠的花果山趕來這裡！我的猴毛會監視這裡發生的一切，掌握戰局，兩分鐘後回到現場，一定可以找到白骨精的弱點。」

我說完這句話，忽然就變回一根猴毛，並且是長了一隻小眼睛的猴毛，

落到沙悟淨胸前的骷髏項鍊中。

「好的！讓我老豬來大展身手吧！噗。」

果然白骨精似乎把那呆貨給惹毛了，只見豬八戒使出渾身解數。

「看我豬耙大法！」

豬八戒手上的耙子閃出一道熊熊烈火，他將豬耙子狠狠打到白骨精的頭上。白骨精順勢倒下。白骨精死了？原來又是「屍解法」罷了。豬八戒還來不及開心，真正的白骨精出現在沙悟淨的身後，所幸沙悟淨眼尖發現了，迴身，擋掉一記致命的大刀。他們搏鬥許久，實在不是白骨精的對手，但確實拖延了時間，而我就快要趕到現場了。

白骨精元氣大傷，使出最後一招。他將唐三藏給拉出來，手中變出一根大骨頭，骨頭上緣是仍沾著血的刀刃。唐三藏嚇得臉色蒼白，緊閉雙眼，口中唸唸有詞。

「你們再靠近，我就立即大刀揮下！」白骨精說。

「怎麼辦，二師兄？」沙悟淨問。

「好吧，事到如今，這白骨精老是給我們看這些噁心的東西，我也只能使出我五百年沒用的大法，讓他見識一下什麼叫做噁心，保證他暈頭轉向。」

「二師兄，你說的，該不會是……喔，不！」沙悟淨搖頭。

豬八戒表情詭異，皺起眉頭來，整個身體忽然顫抖起來。

「小老弟！快摀住鼻子啊你！」然後，他兩手握拳，蹲了個馬步，突然發出了一聲巨大的「噗」聲。豬八戒開口閉口老是「噗」，但這一次，這噗聲可不是來自於他的嘴巴。

「這什麼！」白骨精幾乎睜不開眼睛，「這什麼東西！天啊！臭死了！」

「當然臭！我老豬一天到晚吃東吃西的，成分很混亂的嘛。」

豬八戒這時才注意到身旁的沙悟淨，摀住口鼻，眼淚直流，嚇得話都說不出來。而白骨精因為臭氣薰天，整個人團團轉，知道竟然是豬屁以後，不斷嘔吐，他引以自豪的全身骨頭都快酥散了。

「可惡！我要你師父好死！」稍微鎮定下來的白骨精，趁豬八戒跟沙悟淨尚未回神時，用力將手上的白骨大刀往唐三藏的脖子給砍下去。

「糟糕！師父！」沙悟淨衝上前去阻止。

為時已晚。

唐三藏的頭顱落了下來，噴出了沖天高的血。

「師父！」豬八戒跟沙悟淨異口同聲，淒厲喊叫。

「哈哈哈！」白骨精笑起來：「趁新鮮，讓我快來活剝這和尚骨頭！」

白骨精將唐三藏屍解，想要掏出骨頭來時，卻發現唐三藏的肉全變成泥土，所謂的骨頭，居然全變成小樹枝。

「怎麼回事？」他驚詫的說。

「死白骨！看招！」

我從天而降，拔出五根猴毛，揮散到天空，五根猴毛變成五個孫悟空，包抄白骨精。白骨精再次從身體裡射出血淋淋的骨頭，我一轉身，斥喝一聲：「舒展筋骨！」然後我整個身體膨脹成十倍大。那些他發射出來的骨頭，碰到我巨大的身體，對我毫無痛癢，全掉在地上。我輕輕鬆鬆就將白骨精給壓倒在地，他手腳骨折，動彈不得。

「哼！會射骨頭有啥了不起？你能像我老孫七十二變的彈性骨頭一樣厲害嗎？」

我將白骨精捆綁起來，用力一推，他就往天外飛去了。

「大師兄，你將他推往哪裡去了？」沙悟淨問。

「推給東海龍王去料理魚刺大餐吧！」我笑著說：「他原本就是隻多刺的虱目魚變成的。」

終於解決了白骨精以後，我將唐三藏從筋斗雲上接下來。

「剛才還以為師父遇害了呢！」沙悟淨說。

「所幸八戒使出絕招，攪亂那妖精的戰局，而悟空也及時趕到，趁一團混亂之際，用大樹和泥土製造了一個假的我，因此救了我一命！」

唐三藏氣喘吁吁，仍是一副驚魂未定的樣子。他忽然轉過身，注視著我。我感覺到他欲言又止，然而最後卻什麼話也沒有說出口。

經過這件事情，總是沒安全感的唐三藏，現在又是怎麼看待我呢？我拯救他了，或許沒有令他失望，然而這代表他從此願意更信任我嗎？

「徒弟們，那麼，我們繼續前行吧！」

半晌，唐三藏終於開口，他的眼神依然落在我的身上。

親愛的弟弟，我會繼續努力的。最重要的是，現在，我們又在一起了。

不知道什麼時候，夜幕早已低垂。微涼的秋風徐徐吹起，我們繼續趕路，抬頭看見皎潔的滿月掛在天上時才猛然想起，今夜是中秋。

尾聲

未完的旅程

經歷「白骨精事件」之後，轉眼間又過了兩個多星期。雖然日子幾乎跟過去一樣，我們仍然遇到許多的挑戰，然後分工合作，克服了種種困難，而且師徒間的感情也十分融洽，可是，我總還是覺得有些地方不太對勁。

我發覺唐三藏似乎對我愈來愈嚴格了。我知道他不是故意找碴，因為確實我仍有許多沒做好的地方，但，久而久之我也不免懷疑，我是否真的很不受教？唐三藏沒有再提到將我趕回花果山的事，但他是不是真的放下了這個念頭呢？還是心太軟的他雖然嘴上不提，卻希望我自知有所進退？說真的，我完全摸不著頭緒。

「大師兄，你最近看起來好像心事重重呢。」

沙悟淨好幾次看出來我有心事，關心的詢問。

「我說沙弟啊，你覺得我好相處嗎？」有一天，我終於問他。

「大師兄為人充滿自信，又智勇雙全，人人稱羨，我想很多人都會搶著跟你做朋友吧。」

「是不是跟我做了朋友以後，才發現我是個不可信靠的毛躁傢伙？」

「毛躁？大師兄，你身上的猴毛雖多，但若要論性格毛躁，恐怕還比不上某人吧？」

沙悟淨話才說完，豬八戒就搖搖晃晃的走過來。

「這個紅豆包子好吃耶！噗，快，我留了兩個給你們！真的是有點捨不得啦，但這表示我都有想到兩位好兄弟的嘛。」

「二師兄，您慢慢來，不要急，危險哪！」

沙悟淨眼見毛躁的豬八戒後腳跟不上前腳，趕緊勸阻，怎料豬八戒還是一個不小心，豬腳被門檻給絆倒，整個人猛地跌到地上。我和沙悟淨跑過去扶他起來，兩個原本在他手上捧著的包子，此刻已經塞到他的嘴裡。

「哎呀……噗，好險，沒掉到地上，差點浪費了。」

我跟沙悟淨看得是好氣又好笑。

這兩天我們借宿在一間清幽的小寺廟裡。因為正逢雨季，無法趕路，也就住在這兒幾天，師徒四人好好休息一下。

不過，一路上總是有想要置我們於死地的妖魔鬼怪，他們可不會因為雨季就暫停對我們的攻擊。

午覺起來，屋外仍下著大雷雨，我還一臉睡眼惺忪時，就忽然聽見唐三藏從大堂那兒傳來響亮的驚呼聲。我嚇一跳，趕緊夥同豬八戒與沙悟淨衝過去。

「怎麼回事？他們怎麼了？」唐三藏指著大堂裡的和尚們。

「天啊，他們發霉了？」沙悟淨靠近看。

這些和尚在地上打坐，從腳上開始發霉，黴菌長滿全身，令他們動彈不得。

「趕快！噗，去廚房裡看看。要是食物也發霉，那我們就慘啦。」

豬八戒所有的思考邏輯都建立在食物之上。

「怎麼會這樣呢？」唐三藏覺得不可思議。

「必定是有妖魔作怪。」我判定。

我和唐三藏仔細觀看和尚們的狀況，還沒想到該怎麼解決。突然，我心裡感覺毛毛的。發覺身後似乎太安靜了一些。一轉身，我叫出聲來。

「師父！豬八戒跟沙悟淨！」

「阿彌陀佛！他們也發霉了。」

才一會兒時間，他們兩人身上竟然也長滿霉，站在原處一動不動變成了石像似的。

「師父，你小心，別碰到他們。還有，暫時先別喝水，讓自己保持乾燥。」

「不吃可以，不喝水怎麼行呢？況且外頭一直下雨，溼氣很重，我們很快也會發霉的。」

「倘若是妖怪的法術，必定有我老孫可以破解之處！」我自信滿滿。

忽然，從空氣中傳來一個人的聲音。每一個字彷彿都沾滿了水氣。

「孫悟空！在你還沒有想出來以前，你的猴腦就會先發霉啦！哈哈哈！但是唐三藏你不用害怕。我不會讓你發霉的。我可不想吃發霉的食物哪！」

地上忽然迸裂，冒出一個溼答答的黑衣人。不，他不是黑衣人。應該說是黴菌爬滿了他的身上，甚至占據掉他整張臉，看不出他的模樣。

是霉怪。傳說中總會在雨季裡出沒的霉怪。

「死猴子，我懶得跟你做什麼伏筆了，速戰速決吧！」

語畢，從霉怪黏膩的腳下竄出毛茸茸的黑菌，飛也似的匍匐過來。

我立即閃開，正一翻身想要抱起唐三藏時，發現他的手已經被黑菌給纏住。「悟空！快救師父啊！」我聽見唐三藏大喊，急忙伸手要救他。

我心想，快！我得快把師父拉過來。可是正當我的手快要碰到他的時候，我突然停住了。

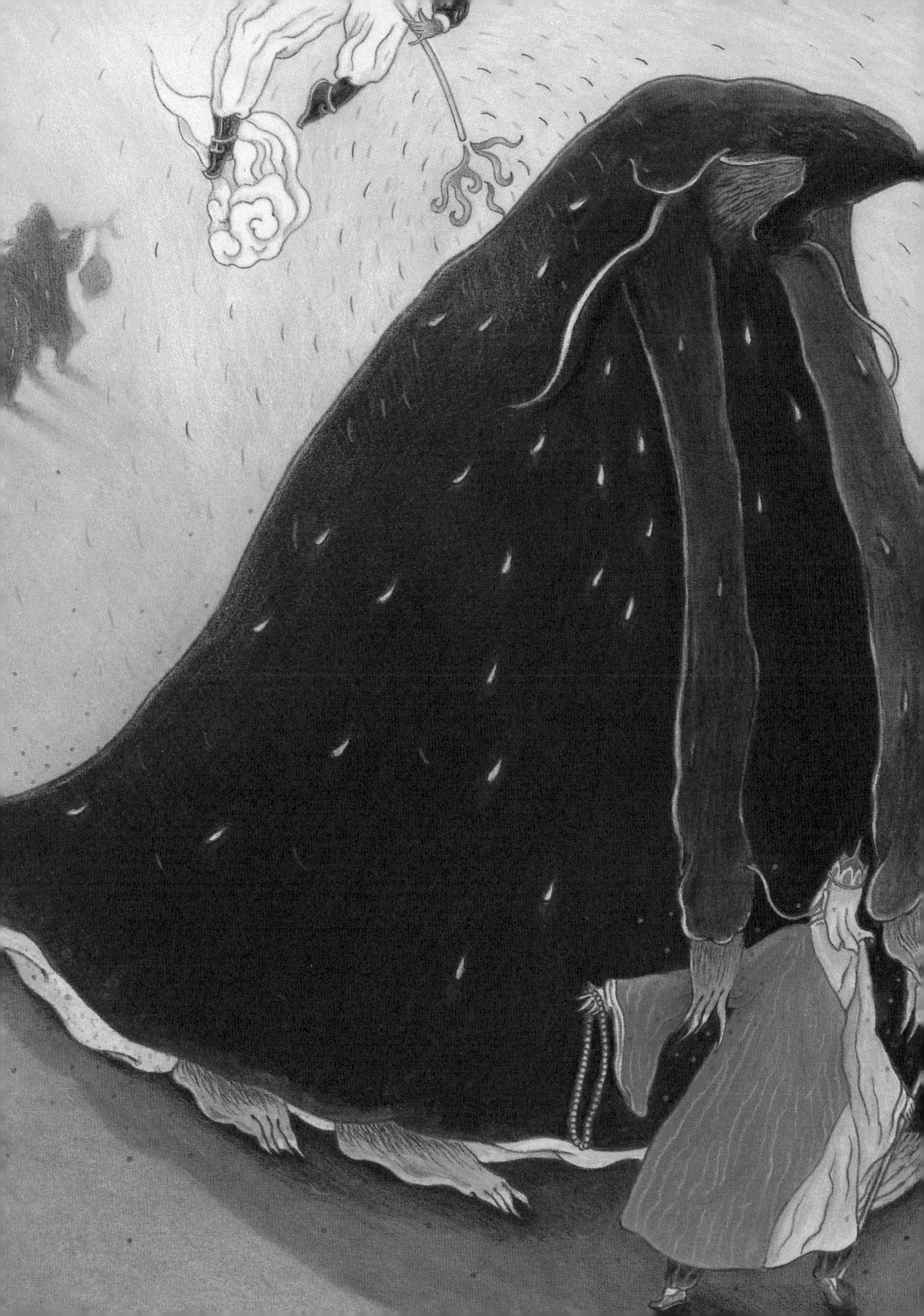

「快啊！快伸手救你師父啊！」霉怪慫恿我。

不對，我不能伸手去碰師父。一旦我碰到了，就會發霉，這樣還有誰能夠來解救大家呢？不過，我讓霉怪誤以為我真的要去抓住唐三藏，結果卻立即使出七十二變的分身術，讓本尊翻到霉怪的身後，然後用金箍棒一轉變成巨型火把，往他的身上擲去。他尖叫一聲，懼怕乾燥的他，身上散出的黴菌網立即縮了回去。霉怪慌忙逃出屋外，我追到外頭，但外面的雨實在下得滂沱，視線不清，只見霉怪竄進水溝裡就無影無蹤了。算了，這次放他一馬，看他也不敢再來。

還好霉怪還來不及讓唐三藏完全發霉，不一會兒，唐三藏手上的霉就褪去了。可是，和尚們、豬八戒和沙悟淨仍是不動如山。

「這該怎麼辦好？」唐三藏著急。

「沒關係，變個營火，烘乾一下這裡，應該很快就能解決。」我說。

我變出一堆柴火，吹個氣，瞬間就燃起熊熊火苗。果然他們身上的黴菌很快就開始從腳往頭上緩緩的褪去了。大概不出半小時，應該就能康復。

雨勢漸漸轉小了。唐三藏和我仍坐在大堂裡守候著。忽然發現，在這取經的一路上，好像還不曾像現在這樣，只有我和師父兩個人靜靜獨處的時刻呢。

「剛剛忘了問，那霉怪怎麼收服了？」唐三藏問。

我語帶抱歉的回答：「對不起，師父。沒有收服他，讓他給溜走了。」

唐三藏看著我，似乎又有什麼話想說了。

但他還沒有開口，我卻又道歉。「很抱歉，師父。近來我的表現可能都像是今天這樣，讓您覺得不太好。您對我愈來愈嚴格也是有道理的，因為我似乎總沒有把事情處理得更好。」

唐三藏忽然笑了，說：「我很滿意。」

「啊？」

「我很滿意你的表現啊，悟空。我一向以你為傲。」

「我以為自從白骨精事件以後，師父將我趕回花果山，而我又自己跑回來，師父可能覺得我太任性。」

「說到這件事，我才應該跟你誠心誠意的道歉。」

「師父別這麼說啊！」

「是我太不信任自己的徒弟了。過去我總是對你有預設立場，覺得你個性一定很猴急。可是，白骨精事件讓我領悟，其實你非但不猴急，還很細心，很有先見之明。我自己實在太沒有安全感了。真是對不起，希望你能原諒我。我會對你愈來愈嚴厲，自己也沒有察覺。我想，一定是我很害怕，你有一天會拋下我們，所以才把你看得更緊吧。」

我嚇了一跳，急忙說：「師父跟徒弟道歉？沒聽過有這樣的事。只要師父願意，我一定保護著您。」

「或許比起師徒的關係，我們更應該把彼此視為知無不言，言無不盡的摯友吧！」唐三藏微微的笑起來，然後他居然伸出小拇指。

「打勾勾？」我失笑。

「好朋友不都是要打勾勾，承諾友誼長久的嗎？」

營火堆旁的唐三藏一臉紅通通的，露出很純真的笑靨。這一刻，看在我眼底的他不是別人，只是我親愛的弟弟。

「噗！我好餓啊！」身後傳來豬八戒的聲音。

我們轉身，看見大家都已經恢復原貌了。

「怎麼回事啊，大師兄？」沙悟淨問。一旁的和尚也不知道發生了什麼事。只覺得一陣暈眩，然後什麼也記不得了。

「沒事、沒事！餓了，我們就趕緊去生火幫忙煮飯吧！」我說。

「大師兄難得對吃如此積極啊，噗。」

夕陽的光芒篩進大堂，一片金黃，我們彷彿已經置身在極樂世界中，那就是天堂吧。在天堂裡，每個人都相親相愛，和樂融融，再也沒有危險，沒有試煉。

「雨季總算結束了。」

唐三藏說。我和他一起望向窗外。

「明天得繼續趕路了唷！」唐三藏拍拍我的肩膀。

「嗯！」我用力的點頭。

是的，雨季結束了，未完的旅程即將開始。

我知道，當取經聖地的距離每少了一里的時候，彼此的情感也將增多一些。等在前方的究竟會是什麼樣的艱難挑戰呢？我一點也不擔心，因為我會牢牢記住這個時刻，明明是快要天黑，卻像是太陽即將昇起。

充滿希望。

附錄一

曼娟老師會客室

各位大朋友小朋友，看完了《看我七十二變》，是不是覺得很精采、很有趣、很好看？你知道這個改寫自《西遊記》的故事，和原來的故事有什麼不同嗎？故事裡這麼多的法術，你覺得最炫奇的是哪一種？你最喜歡的又是哪一個角色？

這本書的另外一位創作者、年輕的小說家維中哥哥，和曼娟老師在這個故事上進行了很多意見的交換和討論，裡頭有好多的創意都是維中哥哥的新發明，他要和曼娟老師一起和大家分享，從《西遊記》到《看我七十二變》，有哪些不同的地方，探索它們令人目眩神馳之處……

歷史上的唐三藏

曼娟老師——我記得很小的時候，就知道孫悟空是誰了。除了看過很多跟孫悟空有關的故事，也看過孫悟空的動畫，或是電視的卡通影片，維中哥哥小時候有沒有看過孫悟空的故事？

維中哥哥——我看的是真人的演出。我記得念小學時，每個星期六下午電視臺都會播「西遊記」，由真人演出，我每個星期六都會鎖定那個頻道。小時候一看到這齣戲，就很愛。

曼娟老師——好像每個小朋友都非常喜歡「西遊記」。你覺得原因是什麼？

古文摘錄

那座山正當頂上，有一塊仙石。蓋自開闢以來，每受天真地秀，日精月華，感之既久，遂有靈通之意。內育仙胞，一日迸裂，產一石卵，似圓毬樣大。因見風，化作一個石猴，五官俱備，四肢皆全。便就學爬學走，拜了四方。目運兩道金光，射沖斗府。

維中哥哥——其實，每一個人的心中都有一些幻想，我們看到的「西遊記」，有很多法術變來變去，每個人都可以天馬行空，讓想像力不受拘束的飛翔。最重要的是，「西遊記」同時是個遊歷的冒險故事，它帶領大家走過大山大水，冒險犯難，解決一個又一個挑戰，滿足大多數人在現實生活中難以經歷的事。而且在故事中，大家為了取經一起努力，就像一群人或一群朋友聚在一起，有一種同心協力的感覺。

曼娟老師——不過，也許大家並不知道，其實西遊記不完全是個幻想、奇想的故事，它是真正曾在歷史上發生的故事。在唐朝，有個和尚就叫做唐三藏，並不是杜撰出來的。

我念中文系時，常常念到一些稀奇古怪的東西，唐三藏的故事就是其中之一。唐三藏是歷史上非常重要的高僧。他是唐朝人，從長安出發，單獨前往西方，去當時的天竺國（就是現在的印度）取佛經。

因為佛教的起源是印度，當時中國已經有很多翻譯的佛經，可是翻譯得很差，

很多想要學佛的人讀不懂，腦袋都打結了。大家覺得這樣不是辦法，應該派一些人，直接去印度取回佛經，再找一些很聰明的人一起翻譯，這樣，想學佛的人才不會誤入歧途。有了這樣的想法後，唐三藏就出發了。

唐三藏其實很可憐，因為當時交通非常不發達，從中國到印度路途又非常遙遠，沿途要經過幾十個國家。因此，這趟旅程，他花了十七年才走完。維中哥哥，如果是你，你有沒有勇氣去？

維中哥哥——好可怕，十七年耶！如果出門的時候是現在這樣的年紀，等我回來，已經從中年人變成歐吉桑了！

古文摘錄

唐僧下馬，同眾進朝。唐僧將龍馬與經擔，同行者、八戒、沙僧，站在玉階之下。太宗傳宣御弟上殿，賜坐。唐僧又謝恩坐了，教把經卷抬來。行者等取出，近侍官傳上。

曼娟老師——沒錯，十七年的時間的確很長，可是唐三藏真的就去了。而且他不能帶太多人，怕碰到盜匪、被洗劫，所以他就像個偷渡客一樣，偷偷的出發。一路上遇到很多事，有了好多故事，《西遊記》最原始的版本。是真的有唐三藏這麼一個人，大家從他取經的故事獲得靈感，寫出了《西遊記》這麼精采的故事。

取經團的靈魂人物

維中哥哥——據說，這個故事出現後，大家都很喜歡，所以大家都來幫忙編故事。想想看，如果只是唐三藏一個人去取經，那不是很單調嗎？因此要多加一些人跟他作伴。這裡加一個，那裡加一個，就變成現在的規模。我們在《看我七十二變》的故事裡，稱他們是「取經團」。

這個取經團的成員，可以說是《西遊記》主要的靈魂人物，以唐三藏為核心，他的三個徒弟就如眾星拱月般圍繞著他。其中大家最耳熟能詳的，就是大師兄孫悟空，從石頭裡面蹦出來的猴子，然後是二師兄豬八戒與沙悟淨。

豬八戒也是小朋友最喜歡的角色，但是大家都覺得豬八戒很蠢、很笨，又好吃、又好色，不管什麼樣的妖怪，只要變成美女，他都覺得人家是好人。

最後是沙悟淨，他很像我們生活裡朋友的角色。這樣的人平常不多話，也不會搶鋒頭，總是默默的在你旁邊陪著你，遇到事情也會刻苦耐勞的將它完成。

古文摘錄

太宗聞言，稱讚不已。又問：「遠涉西方，端的路程多少？」三藏道：「總記菩薩之言，有十萬八千里之遠。途中未曾記數，只知經過了一十四遍寒暑。日日山，日日嶺。遇林不小，遇水寬洪。還經幾座國王，俱有照驗的印信。」叫：「徒弟，將通關文牒取上來，對主公繳納。」當時遞上。太宗看了，乃貞觀一十三年九月望前三日給。太宗笑道：「久勞遠涉，今已貞觀二十七年矣。」

曼娟老師——對，這樣的朋友，你交代他的事，他大概都可以做好。看《西遊記》會發現一個有趣的現象，每次只要有妖怪來，第一個衝出去的一定是孫悟空，在旁邊吆喝著、舞動耙子的就是豬八戒，可是，那個守在師父身邊，絕不離開，能夠保護師父的，是沙悟淨。而且，沙悟淨個性沉穩，常常提醒孫悟空不要太莽撞、太猴急（孫悟空是猴子嘛！）也會提醒豬八戒，不要一天到晚慫恿別人、挑撥離間。維中哥哥，這四個《西遊記》的靈魂人物，如果可以，你最希望當哪一個人物？

維中哥哥——在《看我七十二變》當中，我最想當豬八戒。在原來的版本中，豬八戒是個好色又好吃懶做的角色。但是我們改寫後的豬八戒其實很可愛，妙語如珠，常常冒出一些好笑的話。他有敏銳的味覺，常常因此發現好吃的東西。所以在《看我七十二變》當中，豬八戒其實是個美食家喔，又好吃，又懂得吃。

曼娟老師——我比較喜歡當沙悟淨。因為我每天都在說話，好辛苦喔。如果有一個角色不用說話，只要把事情做好就可以，我真的很想當這樣的角色。而且我覺得，做一個可靠的人，比做一個常常出鋒頭的人要好得多。小朋友也可以想一想，你希望自己是《看我七十二變》這幾個主要角色的哪一個？為什麼你想當這個人呢？

「天庭頭痛人物排行榜」第一名：孫悟空

曼娟老師——接下來要和大家分享的，是我們為什麼會選定《西遊記》這個故事加

古文摘錄

怪物聞言，連聲喏喏，收了寶杖。讓木叉揪了去見觀音，納頭下拜，告道：「菩薩，恕我之罪，待我訴告：我不是妖邪，我是靈霄殿下侍鑾輿的捲簾大將。只因在蟠桃會上失手打碎了玻璃盞，玉帝把我打了八百，貶下界來，變得這般模樣。」

以改寫。《西遊記》的故事很有趣，小朋友都非常喜愛。不過，它原來整個故事有一百回，這一百回又分成三個部分，第一個部分講孫悟空是怎麼從石頭蹦出來以及他的出身，其中有一個大鬧天庭的故事。維中哥哥一定很喜歡這個部分。

維中哥哥——對，大鬧天庭這個部分太精采了！小朋友看完我們改寫的《看我七十二變》會發現，大鬧天庭讓孫悟空的性格完全顯露出來。對天兵天將來說，他實在是排名第一的頭痛人物。

其實，我們從孫悟空在花果山水簾洞的事，就可以看出他其實是一個很有自信的人物。在生活中做一個有自信的人，是件很重要的事。要相信、了解自己的能力在哪裡，並且做出一些事情，將能力表現出來，讓別人肯定你。孫悟空就是在花果山所有猴子都懦弱、不敢跳進水簾洞的時候，表現出他的自信和膽識。他心裡當然也會害怕，但他還是做出了勇敢的決定。

曼娟老師——他做出這件勇敢的事，大家對他心服口服，因此成為美猴王。

維中哥哥——對，可是若自信過了頭，就會變成驕傲。孫悟空學會七十二變以後，對自己愈來愈有自信，最後就變得驕傲了，自信變成自大，這樣不太好。所以，大家也可以好好想一想，自信和自大應該怎麼拿捏。

曼娟老師——在孫悟空大鬧天庭這一段，裡面還有大家非常熟悉的角色，那就是

古文摘錄

那怪道：「我不是野豕，亦不是老彘，我本是天河裏天蓬元帥。只因帶酒戲弄嫦娥，玉帝把我打了二千鎚，貶下塵凡。一靈真性，徑來奪舍投胎，不期錯了道路，投在個母豬胎裏，變得這般模樣。是我咬殺母豬，打死群彘，在此處占了山場，吃人度日。不期撞著菩薩，萬望拔救拔救。」

我們另外一本書《我家有個風火輪》裡頭的主角李哪吒跟他的爸爸李靖。沒想到，在《看我七十二變》裡，他們竟然被孫悟空打敗了，而且還是父子聯手，仍不敵孫悟空。好厲害的猴子啊！

維中哥哥——還好，最後有如來佛收服孫悟空。

唐三藏和孫悟空的前世今生

曼娟老師——孫悟空被收服後，就進入第二部分，講孫悟空如何和唐三藏相遇。這個部分在《看我七十二變》，維中哥哥有個很新的想法，是我以前沒有想過的。他替唐三藏和孫悟空，安排了一段他們的前世今生。

維中哥哥——在第二部分大家可以看到，唐三藏和孫悟空前世是兄弟，孫悟空是哥哥，唐三藏是弟弟。在上一世，他們是同母異父兄弟，所以彼此嫉妒。哥哥總是認為，新的家庭組合是偏愛弟弟的，對於弟弟做的一些事情都很看不慣，覺得弟弟都故意裝小、裝可愛，害他被罵，所以他一直很討厭弟弟，但其實弟弟非常喜歡哥哥，也很崇拜哥哥。

這樣的心結與誤會，演變成後來的大遺憾。弟弟為了搶救哥哥，不幸過世，

古文摘錄

你看他瞑目蹲身，將身一縱，徑跳入瀑布泉中，忽睜睛抬頭觀看，那裏邊卻無水無波，明明朗朗的一架橋梁。他住了身，定了神，仔細再看，原來是座鐵板橋。橋下之水，沖貫於石竅之間，倒掛流出去，遮閉了橋門。卻又欠身上橋頭，再走再看，卻似有人家住處一般，真個好所在。看罷多時，跳過橋中間，左右觀看。只見正當中有一石碣，碣上有一行楷書大字，鐫著「花果山福地，水簾洞洞天」。

沒想到哥哥不但不感激，反而更厭惡弟弟。弟弟抱著這個遺憾，到新的一世的唐三藏，變成一個很沒安全感的人。

曼娟老師——我們就用來巧妙的解釋，為什麼唐三藏耳根子那麼軟，那麼容易被挑撥。這也是我們看《西遊記》時，最嘔的事。因為在原來的版本中，唐三藏很不信任孫悟空，只要豬八戒講一、兩句話挑撥，他就覺得有道理，唸起緊箍咒，讓孫悟空痛得滿地打滾。

維中哥哥——在我們的新版本中，這是有跡可循的。因為前世輪迴，上輩子被哥哥孫悟空如此對待的唐三藏，變成一個很沒安全感的人，到了今世還是一樣。

曼娟老師——沒有安全感，就沒辦法相信別人。因此，他們這一世變成師父和徒弟，徒弟要一直不斷的保護師父，因為他上輩子沒有做好保護弟弟的責任，這輩子要來償還。

這就是在新編的《看我七十二變》裡，維中哥哥給故事的新的詮釋。因為乍看之下，唐三藏和孫悟空是師父和徒弟的關係，可是仔細一看，其實是徒弟在保護師父，還可以看到師徒當中彼此信任、背叛的關係。小朋友從生活中也可以發現，不一定都是哥哥姊姊照顧弟弟妹妹，有時候弟弟妹妹也在照顧哥哥姊姊，彼此互相照顧。

古文摘錄

悟空迎近前來問曰：「你是誰家小哥？闖近吾門，有何事幹？」哪吒喝道：「潑妖猴！豈不認得我？我乃托塔天王三太子哪吒是也，今奉玉帝欽差，至此捉你。」悟空笑道：「小太子，你的嬭牙尚未退，胎毛尚未乾，怎敢說這般大話？我且留你的性命，不打你。你只看我旌旗上是甚麼字號，拜上玉帝：是這般官銜，再也不須動眾，我自皈依；若是不遂我心，定要打上靈霄寶殿。」

跟著法術天馬行空

曼娟老師——在《看我七十二變》的故事中，維中哥哥還增添了一些新的情節，比方說很多法術，這部分是小朋友最喜歡的。現在這麼多奇幻文學中，小朋友最羨慕的就是法術，想像著如果自己可以像孫悟空一樣變來變去，不知該有多好！

維中哥哥——其實每個人都會有一些天馬行空的想法，因此我們就從原著挑出了一些法術，又新編了一些法術。

曼娟老師——維中哥哥很厲害，他在跟我討論的時候，每提出一個法術，我就覺得好棒，而且寫出來以後，每種法術都好好玩。維中哥哥要不要舉一個法術來說說看。

維中哥哥——我用孫悟空七十二變裡的「分身」做例子好了。孫悟空本來就會分身，但是科技日新月異，我就讓他的分身可以像網路攝影機一樣，附著在任何地方，例如沙悟淨身上的項鍊。孫悟空就可以在遠端操控，看現場發生什麼事情，抽身去找人幫忙，或是想其他解決的方法，再及時趕回現場。因此，在我們的新版本中，孫悟空的猴毛是具有多重功能的。

古文摘錄

石猿端坐上面道：「列位呵，『人而無信，不知其可。』你們才說有本事進得來，出得去，不傷身體者，就拜他為王。我如今進來又出去，出去又進來，尋了這一個洞天與列位安眠穩睡，各享成家之福，何不拜我為王？」眾猴聽說，即拱伏無違，一個個序齒排班，朝上禮拜，都稱「千歲大王」。自此，石猿高登王位，將「石」字兒隱了，遂稱「美猴王」。

曼娟老師——在原版《西遊記》中，孫悟空最大的本事就是，他會拔一根毛，一吹，變出一個孫悟空，拔更多毛，可以變出一堆孫悟空。不過，現在的小朋友都會電腦、網路攝影這些技術，我們將這些概念融入法術中，小朋友會覺得這些法術很新鮮、很有趣。另外，在我們的新故事《看我七十二變》裡面，維中哥哥還把所有人分成兩個部分，一個就是我們剛剛說的「取經團」，另一個是「神怪團」。

維中哥哥——神怪團包括神仙和妖怪。神仙有如來佛、觀世音菩薩，以及老是喜歡講古早故事給孫悟空聽的土地爺爺。

曼娟老師——土地爺爺是原來的《西遊記》裡就有了。每次孫悟空剛到一個地方，對這個地方不熟悉，就會敲一下地面，請土地公出來問事情，但兩人沒什麼交流，在我們新版的故事中，他們的感情還不錯。

維中哥哥——特別是孫悟空被壓在五行山下的時候。平常沒人陪土地爺爺聊天，孫悟空被壓在山下不能動，土地爺爺逮到機會了，每天講故事給他聽。而且，土地公之所以成為土地公，就是因為他很了解中國各地的風土民情，因此故事永遠講不完。遇到孫悟空，他終於找到最佳聽眾。每天孫悟空一醒來，土地爺爺就開始講故事，從早講到晚。這個形象有一點像家裡頭爺爺奶奶的感覺。孫悟空也滿有趣的，他就做一個乖孫子，靜靜的聽。

不過其實，孫悟空後來知道怎麼去處理很多挑戰、困境、壞人，知道這些人

古文摘錄

如來罵道：「我把你這個尿精猴子，你正好不曾離了我掌哩。」大聖道：「你是不知。我去到天盡頭，見五根肉紅柱，撐著一股青氣，我留個記在那裏，你敢和我同去看麼？」如來道：「不消去，你只自低頭看看。」那大聖睜圓火眼金睛，低頭看時，原來佛祖右手中指寫著「齊天大聖，到此一遊」。大指丫裏，還有些猴尿臊氣。

的習性，說不定土地爺爺講故事、介紹各地風土民情，對他的幫助也很大。

曼娟老師——維中哥哥會這樣安排，是因為我們都知道，老人家的生命經驗很豐富，他們經歷過的事，遠比我們多很多。他們很多有智慧的語言，以及豐富的經驗，對我們真的是「聽君一席話，勝讀十年書」。

新創的霉怪

曼娟老師——除了把土地爺爺與孫悟空變成像老爺爺對孫子講故事的形象，還有一個新增加的妖怪，叫做霉怪。維中哥哥，霉怪到底是個什麼樣奇怪的東西？

維中哥哥——霉怪是原來的故事裡沒有的。我在寫這本書的期間，一直不斷下雨，家裡很潮溼，感覺到處都要發霉了，靈機一動，覺得世界上應該有個怪物叫霉怪。

霉怪很厲害，他會發揮像下雨一樣的功夫，從房間的各個角落冒出來，黑黑的，灰灰的。基本上，霉怪沒有形體存在，他先是以發霉的方式擴散，接下來，若不小心沾到這些發霉的東西，就會跟著發霉。發霉以後，因為全身都被黴菌纏住，就不能動了。

曼娟老師——這也是個新創的角色，而且很有親切感。因為只要一下雨，我們就會覺得到處都在發霉，衣服、牆壁，連身體好像都要發霉了。

古文摘錄

好妖精，停下陰風，在那山凹裏搖身一變，變做個月貌花容的女兒，說不盡那眉清目秀，齒白唇紅。左手提著一個青砂罐兒，右手提著一個綠磁瓶兒，從西向東，徑奔唐僧。

維中哥哥——而且發霉有個重要的特質，它不是什麼病，也不會是很嚴重的事情，清除一下可能就沒有了。我們可以提醒自己，不要讓自己成為發霉的人，看起來好像沒什麼壞處，實際上是一個負擔。

人參果與人參娃娃

曼娟老師——剛才提的，是一些新添的情節和角色，我們也保留了一些原有的精采故事。在取經的過程中，唐三藏師徒共要經歷九九八十一難，維中哥哥特別從這麼多故事裡面，挑選了兩個，其中一個就是人參果的故事。

小朋友不一定聽過人參果，不過，古時候，在中國大陸，大家都把人參神話了，覺得人參一定有很多故事。維中哥哥，你看過放在盒子裡面的人參嗎？

維中哥哥——看過，坦白說，有點恐怖，因為長得很像小寶寶，而且從頭到腳全都俱全。在《看我七十二變》的故事裡，我們寫到，有個莊園的主人，種了一種很奇怪的植物，會結出人參果。人參果長得像嬰兒，唐三藏師徒投宿時，主人招待他們吃人參果，把唐三藏嚇壞了。感覺就像把嬰兒抓來吃一樣，太殘忍了。後來又因為這種果實，莊園主人對取經團有了誤會，引發一連串事端。

不過，人參果真的是果實，吃了可以神清氣爽、延年益壽。在沙漠之中行走就不覺得口渴，也不需要任何的保溼品。人參果長在樹上，掉到土裡就不見了，

古文摘錄

行者認得他是妖精，更不理論，舉棒照頭便打。那怪見棍子起時，依然抖擻，又出化了元神，脫真兒去了，把個假屍首又打死在山路傍之下。唐僧一見，驚下馬來，睡在路傍，更無二話，只是把緊箍兒咒顛倒足足念了二十遍。可憐把個行者頭勒得似個亞腰兒葫蘆，十分疼痛難忍，滾將來哀告道：「師父莫念了，有甚話說了罷。」

必須用特殊的器材，才可以成功採收，用手去採也會不見。

曼娟老師——我小時候，爸爸媽媽就講過講人參果的故事。古時候，如果人參果長得很漂亮、很像人的樣子，大家就會把它收在盒子裡，經過很長的時間，人參吸食日月精華，就是人參精，再給它穿上紅色的肚兜。

有時候，人參會溜出去和小朋友一起玩，就是我們說的「人參娃娃」。有些小朋友的爸爸媽媽發現這件事，拿針線插在人參娃娃的衣服上，跟著人參娃娃回家，再去把它刨出來。所以，我從小就對人參娃娃有很複雜的情感。一方面覺得它是可以補身體的東西，但它又會跟小朋友一起玩，因此又覺得它是可愛的東西。

千變萬化白骨精

曼娟老師——最後我們要講白骨精的故事，我好喜歡這個故事。

維中哥哥——原來的《西遊記》裡就有白骨精這個角色。他特殊地方就是白骨，他可以利用白骨，變幻出很多外在的形體。也就是說，他只有骨頭，但是他可以變出各種不同的皮相。

這給我們一些啟示：很多外在的東西都不是固定的，而是虛幻的，再美麗、再年輕的東西，都會老去。白骨精掌握了這個特質，也掌握了人性的弱點。他知

古文摘錄

菩薩將難簿目過了一遍，急傳聲道：「佛門中九九歸真。聖僧受過八十難，還少一難，不得完成此數。」即命揭諦：「趕上金剛，還生一難者。」這揭諦得令，飛雲一駕向東來，一晝夜趕上八大金剛，附耳低言道：「……如此如此，謹遵菩薩法旨，不得違誤。」八金剛聞得此言，刷的把風按下，將他四眾連馬與經墜落下地。

道什麼樣的人，可能會對哪些人產生同情，或者什麼樣的人，會討厭哪些人，他就去變出那樣子的東西，讓人很容易就相信他，相信了會欺騙人的外表的部分。

曼娟老師——看《西遊記》的時候，白骨精的出現最令人震撼。不只是因為他可以一下子變成八、九十歲的老太太，一下子變成十八歲的小姑娘，或是八歲的小男孩，最重要也最震撼人的是，他的出現完全離間了唐三藏和孫悟空之間的情感。不但將唐三藏不相信人的那一面完全表現出來，還要驅逐孫悟空，孫悟空求他也沒有用，只好悲傷的離開。

每次看到這裡，我就覺得好難過，可是也會想，白骨精到底是由什麼東西幻化成精的？沒想到，維中哥哥竟然就在《看我七十二變》裡，替白骨精找到了身世。

維中哥哥——嗯，我想了很久，什麼東西有很多骨頭？後來想到，每次吃虱目魚，都覺得牠刺好多，好討厭，所以決定讓白骨精是從虱目魚變來的。

唐僧取經，猢猻幫忙

曼娟老師——還有一個好玩的東西，和孫悟空的由來有關。我們都以為孫悟空是猴子變的，但是根據我找的資料發現，其實真的有一個孫悟空的原型，跟唐三藏有唐僧這樣的原型一樣。據說，唐三藏西行往天竺國的時候，遇到很多困難，還曾經收過一個胡人的子弟，叫做石磐陀。石磐陀不但保護唐三藏，還替他解決很多困難。唐三藏成功取經，回到中國之後，這些故事不斷的流傳，從一開始的「唐

古文摘錄

蓋天下四大部洲，惟西牛賀洲五莊觀出此，喚名草還丹，又名人參果。三千年一開花，三千年一結果，再三千年才得熟，短頭一萬年方得吃。似這萬年，只結得三十個果子。果子的模樣，就如三朝未滿的小孩相似，四肢俱全，五官咸備。人若有緣，得那果子聞了一聞，就活三百六十歲；吃一個，就活四萬七千年。

僧取經，胡僧幫忙」，傳到後來變成「唐僧取經，猢猻幫忙」。後來，從取經的壁畫可以看到唐三藏和他的弟子，其中一個緊緊跟著唐三藏的胡人，長得還真有幾分像猴子，就成了孫悟空的原型。

現在看來，很多奇幻的故事，都曾在歷史發生過。讀完《看我七十二變》，我們希望小朋友也試著訓練自己的想像力。你會發現，想像力上天下地、沒有任何事情可以限制你，成為一個可以七十二變、七十三變的快樂小朋友。

古文摘錄

菩薩道：「我奉佛旨，上東土尋取經人去，從此經過，特留殘步看你。」

大聖道：「如來哄了我，把我壓在此山，五百餘年了，不能展掙。萬望菩薩方便一二，救我老孫一救。」菩薩道：「你這廝罪業彌深，救你出來，恐你又生禍害，反為不美。」大聖道：「我已知悔了，但願大慈悲指條門路，情願修行。」

附錄二

曼娟老師私房教案

親愛的朋友，孫悟空的故事，有沒有讓你想起和自己或家人、朋友的事？你有兄弟姊妹嗎？你有好朋友嗎？你和他們相處的情形如何呢？

讀完了這個故事，你也可以跟身邊的好友、老師、爸爸、媽媽一起分享心裡的感受。下面這些問題，或許可以幫助大小讀者們，更深入的討論與分享：

一、如果讓你選擇，你希望成為書裡的哪一個角色呢？想一想，在朋友的眼中你是一個怎樣的人？而你自己又期望變成什麼樣的人？

二、在《看我七十二變》裡，原來孫悟空和唐三藏在前世是親生兄弟的關係。你有兄弟姊妹嗎？讀到他們彼此的糾葛後，是否影響你看待兄弟姊妹的相處態度？或者，目前你是家中唯一的孩子，倘若有了弟弟或妹妹，你覺得生活會有何變化呢？

三

孫悟空擁有傲人的七十二變。如果可以的話，你想要學會什麼法術？

四

孫悟空、豬八戒和沙悟淨雖然個性不同，但彼此都是相親相愛的摯友。你覺得友誼是什麼？你會為朋友付出什麼？

五

「冒險」是貫穿這本書的背景主軸。你是個勇於冒險，開拓新局的人嗎？還是喜歡順水推舟，水到渠成呢？

張曼娟奇幻學堂

看我七十二變

西遊記・孫悟空的故事

國家圖書館出版品預行編目 (CIP) 資料

看我七十二變：西遊記・孫悟空的故事 / 張曼娟, 張維中撰寫 ; 王書曼圖. -- 第一版. -- 臺北市 : 親子天下, 2017. 07
168面 ; 17×22公分. -- (張曼娟奇幻學堂 ; 1) (張曼娟學堂系列 ; 4)
ISBN 978-986-94959-4-3(平裝)
859.6　　106008902

策劃・作者｜張曼娟、張維中
繪　　者｜王書曼

責任編輯｜李幼婷
編輯協力｜張文婷、劉握瑜
特約編輯｜游嘉惠
視覺設計｜霧室
封面設計｜王薏雯
行銷企劃｜葉怡伶

發行人｜殷允芃
創辦人兼執行長｜何琦瑜
副總經理｜林彥傑
總監｜林欣靜
版權專員｜何晨瑋、黃微真

出版者｜親子天下股份有限公司
地址｜臺北市 104 建國北路一段 96 號 4 樓
電話｜（02）2509-2800　傳真｜（02）2509-2462
網址｜ www.parenting.com.tw
讀者服務專線｜（02）2662-0332 週一～週五：09:00~17:30
讀者服務傳真｜（02）2662-6048
客服信箱｜ bill@cw.com.tw

法律顧問｜台英國際商務法律事務所 ・ 羅明通律師
製版印刷｜中原造像股份有限公司
總經銷｜大和圖書有限公司　電話：（02）8990-2588

出版日期｜ 2017 年 7 月第一版第一次印行
｜ 2021 年 8 月第一版第七次印行
定　　價｜ 320 元
書　　號｜ BKKNA004P
I S B N ｜ 978-986-94959-4-3（平裝）